急症室的福爾摩斯

鍾浩然 著

商務印書館

急症室的福爾摩斯

作　　者：鍾浩然
責任編輯：蔡柷音
封面設計：楊愛文
出　　版：商務印書館（香港）有限公司
香港筲箕灣耀興道 3 號東匯廣場 8 樓
http://www.commercialpress.com.hk
發　　行：香港聯合書刊物流有限公司
香港新界大埔汀麗路 36 號中華商務印刷大廈 3 字樓
印　　刷：美雅印刷製本有限公司
九龍觀塘榮業街 6 號海濱工業大廈 4 樓 A
版　　次：2018 年 8 月第 1 版第 5 次印刷

ISBN 978 962 07 6514 8
Printed in Hong Kong

序一

醫學的發展，除了是基於科學的新發現，還要順應醫療架構、病人及社會的需要。急症醫學的誕生正回應了上述訴求。上世紀60年代末70年代初，一小撮志同道合的美國醫生，有感於當時急症病人的診治水平有很大的落差，沒有經驗的初級駐院醫生被安排到醫院裏最複雜、最高危及最前線的部門，對求診急症病人的診斷及治療構成不可預計的風險。於是透過有制度化的培育及訓練，急症專科終於在70年代後期，被美國醫學組織承認為一認可的專科。

回顧香港歷史，在香港的醫療系統中，急症室在二次世界大戰後已出現，可是急症專科卻在香港回歸的90年代中才在香港“出世”。隨着急症專科的成立，一羣又一羣年輕及富冒險精神的醫生，都願意加入這個“醫學界特種部隊”，受訓成為急症科專科醫生，作者鍾醫生正是我學院其中一位最出色的“先遣部隊”成員。

以福爾摩斯這家傳戶曉的小説人物形容急症醫護人員，確是最貼切不過。一些症狀明顯，需要爭分奪秒的緊急病例：如急性心肌梗塞、嚴重創傷、中風等，急症專科人員要做的，是提供最快速及適切的照顧。另一方面，急症室會有很多千奇百怪的病例及事情，需以偵探的頭腦及技巧去“解碼”，書中描繪的毒理學（Toxicology）案例，正是急症專科眾多“奇案”中的典範。

可是，書中最觸動我的章節，既不是“急症醫學解碼”的知識部分，亦不是“急症大事件”的緊張場面，而是第五章“守護每一個生命”裏的〈尊重死亡〉的一篇文章。物以類聚，投身急症醫學的醫護人員，大多以救急扶危，甚至起死回生為己任。跟大多數的專科醫護人員相同，病人的死亡意味着治療失敗，是對自己能力的一種否定。可是，作為醫護，無論哪個專科都應以病者為中心，個人學術追求為次。對於彌留在即的末期垂死者，急症專科最擅長的搶救技術，卻不如一點陪伴與關懷，讓臨終者在這世上擁有最後一點尊嚴。而現今的急症專科醫生對紓緩療法都應有一定的認識，相信對病者有幫助。

本書作者鍾醫生，讓讀者正確而全面地了解急症專科的喜與悲。無論對普羅市民、醫護中人或在學的醫科生，本書都有重要的參考價值。

何曉輝醫生
香港急症科醫學院院長

序二

鍾醫生是一位充滿熱誠、經驗豐富的急症科醫生。他興趣廣泛，上天下海均留有他的足印。他的興趣在不經意間加深了他對工作範疇的認知，對他的工作起了重要的幫助。

書中第一章已把急症室的運作真實和完整地描述下來，同時亦表達了作者的個人感想。事實上，急症科（前稱 Casualty）的歷史並不長，只有大約一世紀而已。大眾對這門新專科，的確存有很多的猜疑、誤解，感到混淆及困惑。當然，急症室每天的運作及病案遠比作者所描述的來得沉悶，但這些層出不窮的病例卻使作者在急症科的訓練愈趨成熟及全面。

“這本書要講述的，就是這些年來我在這支驍勇善戰的部隊裏一些槍林彈雨中的真實故事，憑藉故事中所體現的才智和決心，宣揚一種急症科的精神：肩負責任、施行仁愛、追求卓越。冀望藉着這些故事，增加市民對急症科的認識，在社會上為急症科樹立起鮮明的形象，同時也希望能提升同袍之間的士氣。”

書中的故事全都是作者的親身經歷，並沒有譁眾取寵，誇大的描述。而鍾醫生更把香港急症室內常見的臨床情況，特別的醫療方案以及一些非醫療事例描寫下來。我深信讀者除了覺得書中的故事精彩有趣，備有教育意義外，亦對急症室加深了豐富的認識。

劉楚釗醫生

香港急症科醫學院主席（2005~2011）

序三

政府飛行服務隊（GFS）在 2000 年與醫院管理局和急症科醫學院合作，引入來自急症專科的志願醫護人員，成立本港首支由專業醫護界和航空界聯合組建而成的空中醫療隊，從此展開了與本地急症專科醫生、護士的緊密合作。在過去十餘年的空中救護工作中，急症專科醫護人員在大大小小的各種任務中，都能展現專業技術和能力。醫療隊在危急情況下仍以維護市民生命安全為己任，透過實際的行動，取得了良好的成效，並獲得多方的肯定。醫療隊的熱誠和卓越貢獻是有目共睹的。

這本書給我最深的印象是當中的故事既真實又刺激，趣味盎然之餘，亦有啟發思考之處。鍾醫生以他駕馭文字的深厚能力，運用獨特的寫作手法和敍事方式，把一系列親身經歷的醫療個案，描述得如同小説故事一樣，營造出時而清晰、時而懸疑的豐富情節，最終總能完整地呈現出整件事件的來龍去脈，精彩萬分，與書名中的偵探元素極之吻合。我作為政府飛行服務隊的一員，亦經常在執行任務中經歷書中關於空中救護部分的驚險情節，所以對鍾醫生的描述感同身受。這種由文字發酵而成的感染力，遠非新聞圖片或影片所造成的直觀效果可比擬。無論從事急症科的醫護人員或者是院前救護工作者，在看過這些故事後，必會產生相同的切身感受。

除此之外，作為一個非醫護專業的讀者，通過鍾醫生在書中對每個醫療個案細緻的陳述，和對正確的醫學處理方法作出介紹，我能更清楚理解急症室的日常運作模式，並增進醫學知識。本書亦能讓讀者體會到一種在醫護專業中薪火相傳的精神："肩負責任、施行仁愛、追求卓越"。

我深信無論是普羅市民，還是醫療界中的專業人士，都能從本書中得益不少。

陳志培機長

政府飛行服務隊總監

目錄

第四章　急症醫學解碼

第五章　守護每一個生命

第一章

打開急症室大門

醫學界特種部隊

這是活力充沛的青年，這是步入暮年的老人；這是危急關頭時首先記起的去處，這是平安日子裏最易被遺忘的地方；這是備受抬舉的部門，這是常遭責難的學科；這裏是希望的春天，這裏是失望的冬天；這裏的人部分直奔天堂，這裏的人全都想留在凡間。這就是急症醫學專科。

我嘗試模仿英國大文豪狄更斯（Charles Dickens）在其名著《雙城記》（*A Tale of Two Cities*）開首的寫法，依樣畫葫蘆寫下以上的一段描述，作為全書的開始。以這段貼切的文字來形容今天香港急症醫學專科（Emergency Medicine）的狀況，精確不過。急症專科就是在這個矛盾的年代裏，在香港這個充滿矛盾的社會之中，這麼一個特別的醫學科目。

香港急症科專科學院（HKCEM）於 1997 年 1 月成立，是本港成立得最晚的一個醫學專科，至今只有區區 16 個年頭。在此之前，於急症室工作的醫生大多只是過客，他們僅以此部門作為踏腳石，在找到更理想的職位後便去如黃鶴，另謀高就，服務質素可想而知。在這 16 年中，急症專科從無到有，茁壯成長，培養了一大羣以急症科作為終身奮鬥目標的專科醫生，並不斷開拓新的服務領域。故把急症專科比喻為醫學界中活力充沛的青年，一點也不為過。

由於年資尚淺，急症科是最不為公眾所認識的一個醫學專科。大部分市民雖然都曾聽説急症室（AED）這部門，也知道患上急症時應到急症室求診，但急症和非急症怎樣區分，甚麼情況下才應使用急症室，急症室能提供甚麼服務，則是知其然而不知其所以然。所以説急症室是危急關頭時首先記起的去處，卻也是平安日子裏最容易被遺忘的地方。

不但社會各階層對這個新生的專科缺乏了解，即使醫學界裏的人也對急症科充滿誤解和偏見。從事其他專科的醫生和護士在遇到一些不太懂得如何處理的病症時，經常建議病人直接到急症室尋求協助。這看來是對急症室的過度抬舉，彷彿急症科醫生十八般武藝樣樣俱全，能醫百病。相反，急症科一直以來都被行內人戲稱為“只懂把病人收進醫院”的部門，各科醫護人員責怪急症科濫收病人之聲不絕於耳。成也急症，敗也急症，這些相互排斥的矛盾想法之中，必然有一種是錯誤的。只要各科醫護人員到急症室當值一段時間，感受一下實際的工作情況，很快就能明白後者只是失諸偏頗的誤解。引孟子“有不虞之譽，有求全之毀”之言，急症科醫生已不再拘泥於別人的偏見，只着眼於把自己的能力發揮到極致。

急救瞬間判斷需準確

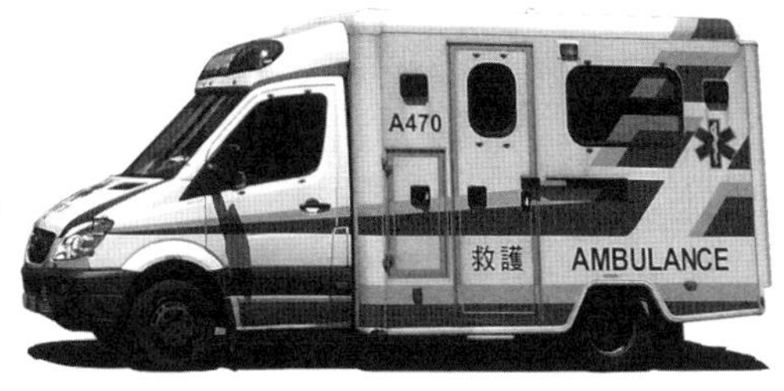

相對於醫院其他部門只專注於治理某一專科的病症，急症科處理的卻是包括所有學科及各種不同嚴重程度的

疾病。急症醫學的範疇廣闊無邊，救治的病人不分男女老幼，處理的病症涵蓋內科、外科、兒科、婦科、骨科、腦外科、眼科和精神科等所有臨床科目，因而對醫護人員的專業知識和反應能力提出了極高的要求。由於各種客觀原因的制約，某些病人的正確病因，無法在短暫的診症時間內被確定。但即使如此，急症科醫生也有能力在極短時間內，在病歷不明、檢測設施不足的情況下，憑藉臨床經驗和技術，對病人作出準確的全面性評估，並給予相應的適當處理。急症科是一所醫院裏治療病人年齡跨度最闊、病症種類最繁複、危急情況最頻密的部門。假如以一支軍隊比喻醫院，急症科團隊就如上天能飛，入水能游；既能開汽車，又能駕飛機；既能射擊，又能操大炮的特種兵，儼如隊伍中的萬能老倌，在各種嚴苛的環境下對所有緊急情況均能作出快速的反應。

全面加強急症服務

顧名思義，急症科的主要服務對象乃身患急性危疾的病人。在分秒必爭的搶救過程中，醫護人員致力於及時在急症室內查出主要的病因，並在穩定病情後儘快把病人直接送往諸如深切治療部（ICU）、心臟科監護病房（CCU）或手術室等其他部門，接受進一步更確切的治療。為減輕醫院病房的工作壓力，急症科亦自行診治，並及早為大部分病情較輕者覆診。隨着急症室中毒處理小組於各重點綜合性醫院相繼組成，中毒求診者基本上已全由急症科自行治理而毋須入院。急症科專科病房（Emergency Medicine Ward）近年於各綜合醫院的開設及普及，更促使急症科把服務由急症室擴展至專屬病房內治理短期的住院病人。所以現時被收進醫院各分科病房的，多是一些病情相對穩定、惟需要較長時間治療之患者。

此外，急症醫學專科的職責範圍並非只局限於醫院之內。遇上災難事故時，由在急症室值勤的醫生、護士和助手組成的醫療隊，能瞬間化身為無遠弗屆的急救機動部隊，乘坐救護車火速趕赴災難現場，走到危險的最前線，救急扶危。

鑒於急症科醫護人員的獨特專業技能，社會上很多醫療崗位都可一睹其風采，例如，香港政府飛行服務隊的飛行醫官（AMO）、飛行護士（AMNO）、醫管局海外醫療支援隊，及在本港舉行的國際重要體育盛事的駐場醫療隊等職務，皆多由急症科的同袍擔任。

急症專科人手短缺

雖然急症專科自成立以來便發展快速，但近年來卻逐漸陷入水深火熱的危機之中，後續發展舉步維艱。問題的癥結並不在於醫護的能力，而全繫於這個專科本身的獨特性質。急症科是一個專門利人、毫不利己的醫學專科。患上急性危疾的嚴重病人不論身分地位，都別無他選地被救護車送往公立醫院的急症室。事實上也只有公立醫院的急症室才有足夠的專業人手、設施和配套機制，足以挽救突然垂危的生命。某些私營醫院即使設有急症室，但由於客觀的局限性，並不具備條件提供全面的急症服務。所以真正意義上的急症科在私營醫療市場的發展機遇不大，只適合存在於公立醫院之中，無私地為廣大市民服務。由於工作繁重、出路狹窄、個人發展前景黯淡等原因，導致急症科員工近年士氣日益低落，並隨之而墮進人才嚴重流失、難以吸納新血加入、服務質素下降的惡性循環困局。這些危機在在昭示着急症專科逐漸步入暮年的跡象。如果情況持續惡化，恐怕 20、30 年後本港的急症室只能回到從前充當他人踏腳石的角色。

1997 年 7 月 1 日香港回歸中國當天，中國人民解放軍於凌晨時分冒雨越過邊界，從穿着整齊但一臉茫然的英國軍隊手中，取回這塊土地的控制權。我在同一時刻完成了實習醫生的訓練，在那歷史性的瞬間，正式加入急症科這支混雜着挑戰性和刺激感的特種部隊。這本書要講述的，就是這些年來我在這支驍勇善戰的部隊裏一些槍林彈雨中的真實故事，憑藉故事中所體現的才智和決心，宣揚一種急症科的精神：肩負責任、施行仁愛、追求卓越。冀望藉着這些故事，增加市民對急症科的認識，在社會上為急症科樹立起鮮明的形象，同時也希望能提升同袍之間的士氣。

危急下的判斷力

雖曾親眼見到病人吐出大量鮮血，而且病人的妻子也肯定地説她的丈夫從半夜裏就突然開始大口大口地吐血，但我的直覺和分析能力告訴我，這位病人所患的應該不是腸胃出血，而是另外一些更嚴重的問題。然而，我看得到現場的其他護士和醫科學生對我的看法深表狐疑。

某天上午，一名 48 歲男子由救護車送到瑪麗醫院急症室。數分鐘後，急症室的廣播系統就傳出了急促而焦慮的聲音：“Cat. 2 case（危急病症），請醫生到急救室。”

由於被分流護士界定為“危急病症”的病人，均承受着即時的生命危險，所以他們是急症室優先護理的對象。我立刻放下手上的工作，與兩位從外國醫學院來港學習觀摩的醫科學生快步走向急救室。

護士向我們簡略地説明了病情。身體一直健康的患者從半夜起突然嘔吐大作，吐出大量鮮血。妻子在病榻旁向我展示盛在塑料袋裏的鮮血，説一共吐出了三大袋子。

吐血不止，未能確診

病人的呼吸極為急促，頭上冒着豌豆般大的冷汗，費勁地一口一口吸着大氣，連半句話也答不上來，所以無從在病人的口中獲得更詳盡的病歷。我馬上環顧了各種監測儀器上的維生指標數據，並迅速完成了身體檢查。除了心跳和呼吸頻率驟增外，血氧飽和度（SpO2）只有 81%，血壓處於正常範圍內較低的水平，外圍肢體的血液循環狀況顯著受損，但其他包括心臟、肺部和腹部的檢查都沒有明顯的異常。臨床的診斷為休克（Shock）。從表面的病徵來看，初步懷疑是由嚴重的腸胃出血所引起，但其他病因未能即時排除。病人情況顯然極為危殆，分秒之內決定其命運。

危急狀態下的急救程序與普通情況有着明顯的不同，不能刻板地依照先確診、後治療的正常次序行事。診治的最高原則是先為病人處理好氣道（Airway）、呼吸（Breathing）及循環系統（Circulation）的險情，及早穩定各種維生指標，爭取時間為後續的確切診斷和治療創造有利的條件。於是，我沉着而按部就班地為他進行了輸氧、建立靜脈通道、快速輸液、抽血化驗、心電圖等程序，並安排病人拍攝肺部 X 光片。在單獨進行這些搶救的步驟時，我的腦袋沒有一刻停止轉動，不斷分析病人的情況，並反覆推敲各種潛在的可能性。

血液快速檢測機能在 2 分鐘內分析約 10 種化學物質的數據。

判斷錯誤，隨時加劇惡化

我把目光停留在血液快速檢測機打印出來的報告上，思索了半晌，上面清楚地顯示出低血氧（Hypoxia）和代謝性酸中毒（Metabolic acidosis）的結果，然後得出了病人吐血並非源於腸胃的結論。我向站在身旁觀察搶救作業的兩名半信半疑的醫科學生解釋："這位病人患的不是因腸胃出血而引起的低血容量性休克（Hypovolaemic shock）。他身上出現的代謝性酸中毒是因為身體組織嚴重缺氧，引發乳酸中毒（Lactic acidosis）。大量的腸胃出血固然可以導致休克，但不會產生嚴重的缺氧現象。我估計出血的源頭不是在腸胃，而是在肺部。他可能突然患上由心臟衰竭（Heart failure）而起的急性肺水腫（Acute pulmonary oedema），導致肺部血管及組織受損而吐血。因此這是心源性休克（Cardiogenic shock），而不是低血容量性休克，這也合理地解釋了他出現低血氧、休克及乳酸中毒現象的原因。下一步工作就是要證實我們的推論是否正確。"

根據對病情的最新分析，我相應地調整了治療方式。由於快速輸液對低血容量性休克具有正面的療效，但對心源性休克卻有相反效果，對病人造成更大的損害，故首先停止了該療法。隨即為他進行了心臟超聲波（Echocardiogram）檢查，發現心臟功能極差，但沒有明顯的結構性或局部區域活動性異常的情況，因此確實原因不明。

在證實了心源性休克後，我為他注射了治療心臟衰竭的藥物，並以呼吸機協助呼吸。由於初步的病情已經查出，而急症室也不是施行長時間監護和治療的合適場所，於是我召喚了深切治療部的當值醫生，安排在深切治療部繼續治療。在病人離開急症室前，驚鴻一瞥下我察覺到病人雙額有輕微下陷的情況。那是消瘦的表現，很多時候與腫瘤有關。雖然病人妻子在我的反覆追問下，都不認為丈夫近來體重有所下降，直到當日之前也沒有任何病徵，但我再度選擇信賴自己的觀察、直覺和分析能力，直接告訴她，病人可能患上某種腫瘤，並把我的想法寫在病歷表上，提醒其他醫生注意。同樣地，那些醫學生對我的看法再次顯露出難以理解的神色。

在深切治療部內進行的檢查和我的結論一致，嚴重的心臟衰竭併發心源性休克，但原因不明。更糟的是，病人的情況持續惡化，並在四小時後出現突發的心肺功能停頓（Cardiac arrest），喪失所有生命跡象，醫護人員為其急救五分鐘後，始恢復心跳。

病人在隨後的一個多月先後接受深切治療部、心臟科及其他各科醫生的診治，但一直找不出正確的病因。直到四十多天後，才最終確定患上罕見的腎上腺嗜鉻細胞瘤（Pheochromocytoma），導致急性心臟衰竭，也證實了我當初的推測。病人在接受外科手術切除惡性細胞後，終能痊癒出院。

危病複雜難解

急症科是醫院各個專科之中，處理危急病症數量最多、類別多樣性最廣、診治階段最早、經驗亦最豐富的一個。急症科處理的各類危重病症的複雜性和嚴重性，是醫院除深切治療部外的其他分科病房難以比擬的。

急症室對於大部分醫生來説，是一個壓力巨大而且工作環境極為困難險惡的地方。任憑一個醫生的醫學知識如何廣博，平常情況下對病人的表現徵狀能思考出多少個可能的病因，能制訂出多少個完善的治療計劃，但在那決定生死的危急關頭，卻並非每個人都擁有良好的心理質素，承受那份不能出錯的壓力，而仍能應付自如。急症室並不需要很多個可能的病因和很多個完善的治療計劃，只需一個最精準的答案。以此個案為例，如果我為表面是腸胃出血的病人繼續進行快速輸液治療，把他送進外科病房接受俗稱照胃鏡的上消化道內窺鏡檢查（Upper endoscopy），病人肯定會因體內積存過多水分而加劇心臟負荷，並因為外科病房欠缺處理心肺功能停頓的經驗和設備，患者必死無疑。

造成急症室工作環境極為惡劣的原因是多樣性的，包括病人眾多、病情嚴重、診症時間短促、病歷資料不全、缺乏檢測設施等等，客觀上對急症科醫生的發揮施加了不少掣肘，也容易犯錯。反過來説，也由於這些掣肘，促使急症科醫生鍛煉出與眾不同的臨床診治能力。隨着醫學科技日新月異，當其他各科的醫生越來越依賴化驗和檢測方法作出診斷，急症科醫生不啻是臨床醫學技術的最後捍衛者，單憑卓越的臨床經驗和簡單的檢測手段，就能對病人作出準確的全面性評估，並給予相應的適當治療。

當我把最終的診斷以電郵告知那兩位已回國的醫科學生時，我仍説不清何以在剎那間得知他患有腫瘤，只知道從微細的觀察中作出貌似毫不相關的推論，是急症科醫生的獨特本能。

急症室的福爾摩斯

執筆之時，我正身處倫敦，走訪了福爾摩斯在貝克街的舊居。福爾摩斯是我的畢生偶像，自幼便迷上了他以敏銳觀察和縝密思考屢破奇案的情節。現實中，醫生和偵探在工作上有頗多共通點，必須在診症時透過細緻的觀察與分析，從看似互不相關的蛛絲馬跡中抽絲剝繭，大膽假設，小心求證，方能查出正確的病因。

2012 年年初的一個清晨，一名廿餘歲男性青年在大街上倉皇地截停一輛救護車，聲稱被新結交的朋友禁錮了一整夜，並遭侵犯，幸能逃脱。受害人隨即被送往急症室檢查。由於案情嚴重，警方聞訊後，一隊重案組探員迅速趕至。瞬間，受害人的周圍聚集了醫護人員、探員、社工等人，大家各有各忙，把診療室擠得水泄不通。

識破青年怪行為

數小時後，即將下班的主治醫生把案子轉交給我。我走進診療室，跟受害人交談了不足數分鐘，便嗅出了可疑之處。受害人雖已成年，但行為卻像八、九歲的小孩，言語幼稚，且情緒不穩，還不時用雙手捂着褲襠嚷着要上洗手間。我看了一下病歷記錄，心跳欄目上的數字馬上吸引了我的目光。我重複量度了血壓和心跳，分別是 156/81mmHg 和每分鐘 131 次，兩者皆遠高於一般青年人的正常標準。接着再檢查他的瞳孔對光線的反應，結果是不正常地持續性擴張。另外病人的體溫是略高於正常的攝氏 37.8 度。果然不出所料，我心中已得出了答案。

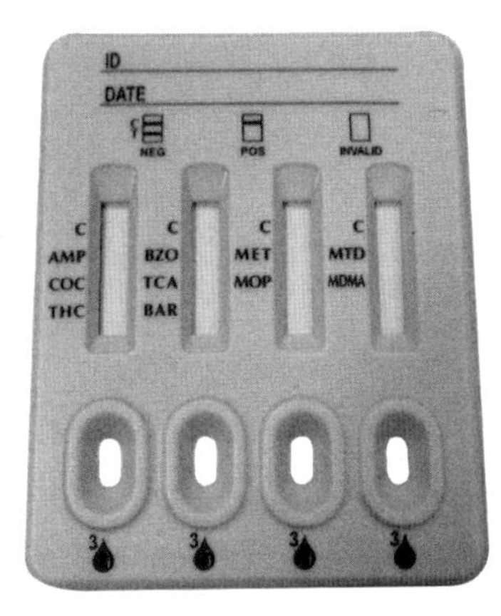

急症室使用的尿液快速檢測試劑盒，能在 3 分鐘內從尿液樣本中測試 10 種經常被濫用的藥物。

“你最近有沒有服食過‘冰’或可卡因？”我以嚴厲的語氣直截了當地發問。“受害人”初期仍極力否認，但最終在我反覆追問下便供認不諱，稱十餘歲起已有吸毒歷史，近期更多服了“冰”毒。其後替他進行尿液測試，對“冰”呈陽性反應，與口供和臨床特徵吻合。

我轉身向着身旁的探員打趣説：“我已把案件偵破，那只是‘冰’毒引致的幻覺，收隊吧！”探員都驚愕了，半晌不説話，然後相視而笑。

我並沒有甚麼神奇的魔法能看穿一個人的心思，只是憑藉毒理學上的知識，從各種零碎的跡象中運用邏輯思維推敲出最合理的結論而已。

毒理學（Toxicology）是急症醫學裏一個重要的組成部分，本港所有合資格的急症科專科醫生都必定接受相應的毒理訓練。在考獲急症科專業資格後，某些對毒理學深感興趣的醫生，更會繼續接受這方面的深造訓練，考取由香港急症科專科學院（HKCEM）和香港中毒諮詢中心（HKPIC）聯合頒授的臨床毒理學文憑，成為本港為數不多的臨床毒理學家，本人亦是當中一員。

毒理學所覆蓋的範疇廣闊無垠，非法濫用精神科藥物只是其中一個小環節，但隨着濫藥問題近年在本港不斷蔓延，急劇失控，急症室處理的濫藥案例與日俱增，逐漸構成毒理學相關病例中一個重要的成分。

身體反應泄露真相

濫藥人士皆有一些共同特點，第一藥物會對他們的腦部造成影響，第二他們擔心被揭發服用違禁藥品而身陷囹圄，因此都不會如實向醫生告知病情，都是非可信的資料提供者。但無論病歷如何不盡不實，久經訓練的臨床毒理學家在處理所有中毒案件時，均會運用一個特殊的臨床診斷方式，重點查找病人身上有否展現某種“中毒症候羣”（Toxidromes），從而快速斷定病人有沒有中毒以及中毒的類別。在臨床毒理學家眼中，儘管濫藥人士時常言不由衷，他們的身體反應卻不會為他們掩飾真相，相反更是無可爭辯地把客觀事實公諸於世。從病人身上識別中毒症候羣對診治中毒患者極其重要，即使不能馬上得知引致中毒的確實物質，亦能推測出中毒的正確機理，有助縮窄查獲真正致毒源頭的範圍，並對後續的救治方案起指導性的作用。依照這種原則，大部分的中毒個案都不難處理。各種各樣的線索都可在病人身上找到，客觀的證據都明明白白的放在跟前，問題只是誰人獨具慧眼，有那種整合各項臨床徵兆的能力，即時找出正確答案而已。

中毒的徵狀

世上萬物皆有毒性，主要取決於攝入人體的劑量。故此中毒症候羣多若恆河沙數，但常見的僅數種。其中一種是擬交感神經中毒症候羣（Sympathomimetic toxidrome），引起包括血壓增高和脈搏加快、體溫上升、瞳孔擴大、皮膚出汗、腸鳴音活躍等外圍性徵狀。中央神經特徵則有煩躁不安、神智不清、癲癇及昏迷等，嚴重者可以在數小時內喪命。

能引起擬交感神經中毒症候羣的潛在物質多得不勝枚舉。這些無論在外形、結構和用途上各自不同的物質，在過量攝入人體後竟莫名其妙地導致相似的中毒反應，原因在於它們擁有誘發中毒之相同機理，皆是透過模仿人體交感神經系統（Sympathetic nervous system）神經遞質（Neurotransmitters）的作用，繼而影響人體神經系統的正常運作，最終造成不良的生理反應。這些神經遞質包括腎上腺素（Adrenaline）、去甲腎上腺素（Noradrenaline）及多巴胺（Dopamine）等。如想體驗一下擬交感神經中毒症候羣的確實感覺，只需購票進電影院看一部驚嚇的恐怖片便可知曉。當處身於由視覺、聽覺和黑暗環境交織而成的驚慄狀態之中，體內的交感神經遞質水平會不自主地上升，血壓和脈搏便會隨之升高，瞳孔擴大、掌心冒汗，不安之感亦會相繼出現。不管自命如何勇者無懼，這些身體的客觀變化，都會把一個人的謊言如實無遺地出賣。

安非他命（Amphetamine）、"冰"（Methamphetamine）、可卡因（Cocaine）、搖頭丸（MDMA）等被統稱為中樞神經興奮劑（CNS stimulants）的違禁藥物，是當前其中一類最常被濫用的物品，同時也是最常引致擬交感神經中毒症候羣的元兇。診治那位青年時，在短暫的對話中感覺到他有點不對勁後，便即時想起了濫用藥物的可能性，於是刻意從他身上搜索各類中毒症候羣的痕跡。當不正常的心跳讀數首次進入眼簾時，我已心中有數，立刻開始專注於檢查擬交感神經中毒症候羣的所有徵狀，結果一矢中的。

一個青年人胡言亂語，並展現出擬交感神經中毒症候羣的大部分典型特徵，合理的原因只有一個，就是過量服用了中樞神經興奮劑。安非他命和搖頭丸已較少被時下青年人濫用，而且這兩種藥物的擬交感神經中毒症候羣病徵不特別明顯，所以兩者的可能性大致可以排除，剩下來只集中考慮“冰”和可卡因。我推測他口中所說的“被人侵犯”只是由“冰”或可卡因引致的幻覺，而他的幼稚行為也是由藥物引起的神智不清所致。他的尿液化驗結果和最後的口供印證了我的推論。

小說和電影中的福爾摩斯經常單憑觀察到一些毫不起眼的線索，就能不可思議地偵破奇案。我以過來人的身分坦率地說，那並非小說家完全憑空捏造的情節，而是一個有能力的人融匯了學識、經驗、洞察力、膽色和決心的綜合表現，缺一不可。而經驗豐富的急症科專科醫生就經常在忙碌工作中的電光火石之間，展現出這種卓越的才幹。

成文後，我頓時恍然大悟，終於解開柯南道爾爵士在創作福爾摩斯這人物時，何以在其身邊加插了華生醫生這個角色。因為這兩個人物有着相似的特質，你中有我，我中有你。華生醫生就是福爾摩斯，福爾摩斯就是華生醫生。而我就樂於繼續當急症室的福爾摩斯！

21世紀鴉片戰爭

某天晚上，我在瑪麗醫院急症室連續看了兩個互不相識，但有相同病徵的年輕人。他們都不約而同地感到，近來皮膚下和口腔裏有爬蟲在蠕動，因擔心患上由寄生蟲導致的傳染病而求診。聽到這種病狀，病因已躍然紙上。我緊盯着他們，直截了當地向他們提出了一個相同的問題："你最近有沒有服食過'冰'或可卡因？"並要求他們提供尿液樣本作化驗。

第一個病人在追問下顧左右而言他，只承認服食過止咳藥水和俗稱"K仔"的氯胺酮，繼而在留取尿液樣本期間去如黃鶴。第二位青年最初強烈否認曾吸食任何毒品，在尿液樣本顯示對"冰"呈陽性反應後，卻託辭最近在朋友的派對中曾被給予"冰"毒服食。可惜這謊言亦難逃我的法眼，毒理知識指導我推測這病人應該服食了"冰"一段頗長的時間，才會出現該種典型的幻覺。最終我當面把他的謊言毫不留情地戳破後，跟他詳細解釋了狀況，並把他轉介到精神科門診接受戒毒治療。

兩成港人曾接觸毒品

以上的病例是香港濫藥問題的一個真實寫照。根據內部不完全的估計，本港約五分之一的市民曾經接觸毒品，可見毒禍的嚴重程度。急症室首當其衝，是處理各類濫藥個案的最前線，亦是最主要的一個部門。跟精神科門診處理的、相對穩定之濫藥病人有所不同，急症科醫生面對的卻是一些因服藥過量而出現急性病徵的人士，他們的徵狀千奇百怪，有些更有即時的生命危險。這些病人或因神智不清而不能提供準確的病歷，或如以上個案裏的兩位青年，因擔心被發現曾服食毒品惹上官非，而刻意提供誤導性的資料，從而增加了診斷的難度。

雖然資料不全甚或被刻意扭曲的病歷，為醫生在診症中設置了不少障礙，富毒理經驗的急症科醫生透過細緻的臨床觀察，從蛛絲馬跡中抽絲剝繭，再加以毒理知識層面上的推敲，往往能及時評估出服用毒品的正確類型，並作出相應的處理。

常見濫藥徵狀

在〈急症室的福爾摩斯〉一文中提到，急症科醫生在處理每個疑似中毒病症時，都必定會刻意檢查病人身上有否展示出某種中毒症候羣（Toxidromes），以斷定病人有沒有中毒和中毒的機理類別。本地被濫用的精神科藥物雖然多不勝數，但在服食過量的情況下，它們的徵狀常可歸納為寥寥數種的中毒症候羣。只要在病人身上辨別出其中一種，答案很快便會浮現出來。例如過量服食以下藥物，會出現各種不同的身體徵狀：

1. **“冰”、可卡因、安非他命和搖頭丸**：統稱為中樞神經興奮劑（CNS stimulants），過量吸食會出現擬交感神經中毒症候羣（Sympathomimetic toxidrome），導致包括血壓和脈搏增高、體溫上升、瞳孔擴大、皮膚出汗、神智不清、癲癇及昏迷等徵狀。

2. **鴉片（Opium）、嗎啡（Morphine）、美沙酮（Methadone）和俗稱"白粉"的海洛英（Heroin）**：統稱為鴉片類藥物，會產生鴉片類藥物中毒症候羣（Opioid toxidrome）。由於中樞神經受到抑制，引致呼吸頻率、換氧量、血壓和脈搏等重要維生指數急劇下降，並伴有瞳孔縮小、神智不清及昏迷等徵狀。
3. **"白瓜子"（Zopiclone）、"藍精靈"（Midazolam）、"羅氏五號"（Diazepam）和"十字架"（Flunitrazepam）**：統稱為中樞神經抑制劑（CNS depressants）。這些藥物本來在醫生正確處方下，都是合法的安眠藥和鎮靜劑，但濫用和不當使用卻可導致鎮靜和催眠類藥物中毒症候羣（Sedative-hypnotic toxidrome），主要造成神智不清及昏迷的狀態，其他維生指標一般十分平穩，但在極嚴重的情況下也可抑制呼吸而令服用者致命。
4. **氯胺酮（Ketamine）**：眼球會不自主地轉動，而且常在鼻孔內留下白色的粉末；
5. **大麻（Marijuana）**：眼睛微絲血管會經常充血擴張。

辨認出病人身上某種特殊的中毒症候羣，便可以把考慮的範圍大幅縮窄，下一步的工作就是設法證實初步的臨床診斷是否正確。本港的急症室普遍都配備了尿液試劑盒，能在數分鐘內同時對上述十數種常見的被濫用藥物作出快速的檢測。因應病人殘留在體內的劑量及其代謝物的水平，在病人的尿液樣本中，可測試及檢定數週甚或遠至數月前曾服用過的非法藥物。只要把臨床徵狀與尿液快速測試結果作相互印證，濫藥者便無所遁形。另一份病人的尿液樣本會被送到醫院的化驗部門作更詳細精準的檢驗。這份最後的化驗報告一般需時兩、三天完成，報告中詳盡羅列所有在尿液中驗出的物質，有否濫藥，一目了然。

被濫用的藥物隨着潮流在數十年間更替不斷，以前最常見的“白粉”海洛英早已日暮西山，逐漸退出不光彩的舞台。以往形容“白粉”吸食者為癮君子，恐怕必有一天亦被歷史洪流所淹沒。取而代之的是氯胺酮、“冰”和可卡因等新興毒品，前者高踞本地非法藥品榜的首位經年，而後兩者的濫用趨勢近年持續上升。傳媒經常報道的服藥後行為失控現象，多由後兩者而起。

毒品破壞大腦運作

各類毒品皆可對人體健康構成嚴重傷害，長期服用可導致生理和智力上的永久性損傷，其中尤以中樞神經興奮劑最為危險，並以“冰”和可卡因為甚。無論是急性或慢性中毒，均會產生劇烈的不良反應。即使一次性服用過量的“冰”或可卡因，除了誘發上述擬交感神經中毒症候羣外，亦可以導致包括心肌栓塞（Myocardial infarction）、惡性心律失常（Malignant arrhythmias）、腦溢血（Intracerebral haemorrhage）及抗利尿激素不適當分泌症候羣（SIADH）等嚴重急性疾病，能在短時間內致人於死地。

此外，急性中毒時因藥物而產生的幻覺和神智不清，會影響一個人的正常思維和判斷，從而作出一些危害自己和他人性命安全的失控行為，所以及時作出正確診斷對救治十分重要。另一方面，長期濫用“冰”和可卡因無一倖免地必定會破壞大腦的正常運作，導致智力衰退和思覺失調等嚴重精神問題。其中，寄生蟲妄想症（Delusional parasitosis）是既典型又最具戲劇性的思覺失調病徵，這病徵只會在長期服用“冰”和可卡因後才出現。我當時就是憑着這個病人自圓其說的徵狀，輕易地作出正確的診斷。從這個例子可以窺知，此類慢性中毒能肆意扭曲人類正常的心智，令到一顆生而盛載世上美好事物的心靈沉淪墮落，繼而完全摧毀其錦繡前程。

當遇上由“冰”和可卡因引起的嚴重中毒病例，急症科醫生在確保病者的氣道暢通後，會透過靜脈注射大劑量的鎮靜劑舒緩擬交感神經中毒症候羣的徵狀。如病人出現高燒現象，會在身體表面放置冰塊，助其快速降溫。另外亦需以靜脈注射降血壓藥物的方式，降低暴升的血壓，減低心腦血管併發症的風險。病人情況穩定後，須在急症科專科病房繼續接受觀察治療，以排除所有具致命性的併發症。併發症一旦出現，須及早實施針對性的治療。

歷史上鴉片曾荼毒中國人的身心，使民不能工，兵不能戰，致使中國在 1840 年至 1842 年間的鴉片戰爭中被大英帝國的堅船利炮徹底擊潰，從此積弱百年，可見毒禍對個人和國家傷害之巨大。人們當引以為鑒，自愛自律，勿讓毒禍在 21 世紀再蔓延而自毀長城。

低溫雙面刃

2012 年是鐵達尼號郵輪沉沒百週年的世紀里程。當年她在大西洋寒風刺骨的黑夜中撞上巨大的冰山，斷裂的身軀帶着 1522 條無辜生命沉入深邃的海底，空餘悔恨與傷感交織的殘夢。

那些已逝的生命中，有一部分並非直接遇溺而亡，而是歿於攝氏零下 2 度的冰冷海水之中。無論是多麼強壯的人，如果沒有配備特製的、擁有保溫隔層的潛水服，即使已穿上救生衣，泡在這種溫度的水中短短數分鐘，人體內如心臟和大腦等重要器官便會喪失正常功能，隨即進入昏迷狀態，最終導致死亡。

何為低溫

低溫症（Hypothermia）是急症室在冬天裏常見的個案。每當政府當局發佈寒冷天氣警告，並開放避寒中心之時，急症室醫護人員便會嚴陣以待，為救治隨後陸續蜂擁而至的病人作好各種準備。低溫症的醫學定義是身體核心溫度低於攝氏 35 度，並以不同的溫度層分為三級。32 至 35 度屬於輕微，28 至 32 度是中等，28 度以下是極端嚴重的情況。

輕微的低溫症，病人除了皮膚表面溫度較低及有寒冷的感覺外，一般沒有甚麼明顯徵兆。隨着核心溫度逐漸下降，患者開始出現發抖、心跳加速、血壓上升、疲倦和昏睡的現象。當體溫降至中等程度並持續惡化，更嚴重的病徵如心跳減慢、血壓驟降、肌肉無力和意識迷糊等，便隨之顯現。在嚴重層級中，病人多已神智混亂，甚至已陷入昏迷狀態。心臟功能也極不穩定，隨時出現致命性的心律失常（Arrhythmias）而引致死亡，故必須小心翼翼地儘快搶救。由正常體溫降至嚴重的低溫狀態所需的時間，因人而異，除直接受外在的環境溫度影響外，亦受多種涉及病人自身健康狀態及其他環境情況的因素左右。有時候需要花上一、兩天，但在如鐵達尼號乘客遭遇的極端環境，則可以短至三、數分鐘而已。

治療低溫症的方式並不複雜，急症科醫護人員一般透過為病人覆蓋暖毯，向身體表面吹暖風，經由靜脈注射溫暖的生理鹽水等方法，以每小時體溫上升一度為目標，逐步替患者回復正常體溫，以防範因溫度上升過快而引起血壓驟降的情況。此外還有很多其他方法可以幫助提升體溫，如向胃部、膀胱或胸膜腔灌注溫暖的生理鹽水等。但上述的方法普遍已十分有效，其他方法實施起來比較繁複，效用亦不高，且有一定的併發症風險，所以平常較少使用。

尋根追本減併發

低溫症的治療目標並不只是單純以回復病人正常的身體核心溫度為終結。寒冷的外在溫度只是誘發低溫症的其中一個重要因素，還有很多其他諸如年老、長期病患、急性疾病和藥物等相關的原因，促使低溫症的產生。不僅如此，低溫症本身可以引起不少嚴重的併發症，如代謝性酸中毒（Metabolic acidosis）、急性胰腺炎（Acute pancreatitis）、横紋肌溶解症（Rhabdomyolysis）、急性腎功能衰竭（Acute renal failure）和瀰漫性血管內凝血症（DIC）等等。未能在患者身上及時診斷出這些併發症，會導致嚴重的後果。所以醫護人員在致力提升患者的體溫之餘，同時亦須竭力尋找導致低溫症的正確原因，及妥善處理由之而起的併發症，才能真正完整地治理好一個低溫症的患者，當中耗費的時間和精力可想而知。

這些年來我遇到病人最低的體溫是 26 度。記憶之中，那名年老露宿者的皮膚冰冷得像剛從電冰箱裏走出來一樣，整個人僵硬得儼如石頭。他昏迷不醒，心跳只有每分鐘三十多次。即使情況如此嚴重，在接受一天的治療後已可活動自如。在某些情況下，身體核心溫度不能直接反映低溫症的嚴重程度。數年前曾治理一名患有糖尿病的老年男子，他的體溫只是 33 度，僅屬於輕微的低溫症，但他的血壓極低，臨床診斷為頑固的休克（Refractory shock）。在為他作詳細檢查後發現他的會陰部位，患上罕見且死亡率極高的福耳尼埃氏壞疽（Fournier's gangrene），這正是他出現低溫症和休克的確實原因。在進行一連串外科手術切除會陰壞死的軟組織，並在深切治療部接受一段時間的監護治療後，他幸得保存性命。

低溫保命之法

中國道家思想中“禍兮福之所倚，福兮禍之所伏”的學説，在低溫情況下得到最佳的印證，嚴寒的外在環境在某些場合原來也不一定是壞事。低溫是把不折不扣的雙刃劍，殺人之餘亦能保命。在現代醫學中，要救活已喪失心跳和呼吸的病人其實並不太困難。然而，要讓被救活的病人全身而退，回復到發病前的正常功能狀態，卻是個千古難題。因為病人在沒有正常心跳的情況下，循環系統不能把充足的血液供應到腦部，即使是短短的數分鐘，足以造成永久的腦部損傷，導致如中風和成為植物人等嚴重的神經系統後遺症。

前人曾經為應對這個挑戰作出不斷的嘗試，其中一個方法是低溫治療法（Therapeutic hypothermia）。很久以前人們便發現，在冰天雪地裏喪失生命跡象的人，比在正常環境下的同類病人更容易被救活。受到這種觀察的啓發，早於 1803 年，俄國人已首次作出大膽的嘗試，把一名垂危的病人整個埋在冰雪之下，但最終並未成功挽回其性命。失敗並沒有阻礙醫學界理性和不斷創新的前進步伐，隨着科學技術的發展，90 年代起很多在低溫治療方面的醫學研究已經證實，低溫能夠起保護大腦，減少神經受損的作用，對心肺功能停止（Cardiac arrest）後被救活的病人功效尤為顯著。

本地綜合性醫院的急症室近年已陸續推行該療法，主要的應用對象是心肺功能因致命的心律失常短暫停頓後，獲搶救成功的年輕病人。致命的心律失常主要包括兩類狀況，分別為心室纖維顫動 (Ventricular fibrillation, VF) 和無脈心室頻脈 (Pulseless ventricular tachycardia, pulseless VT)。於急症室經篩選後被鑑別為適合接受低溫治療法的病人，須儘快透過靜脈把冷凍的生理鹽水注入其體內，而身體則裹上內置有冷水循環管道的特製衣服，務求於四小時內使病人的核心體溫降至攝氏 32 至 34 度之間，從而達到低溫治療的目標。整個治療過程持續 12 至 24 小時，須在深切治療部完成。

某天，一名 66 歲婦人前往瑪麗醫院急症室求診途中，在私家車上突然昏迷，並失去所有生命跡象。其子當機立斷，於車內後排座位為她急救。送抵急症室後，經當值醫生搶救一小時後才回復心跳。婦人被診斷為急性心肌梗塞（Acute myocardial infarction），並馬上從急症室直接送進手術室，進行緊急經皮冠狀動脈氣球擴張術（Primary percutaneous coronary intervention），即俗稱“通波仔”的緊急手術。完成心臟手術後隨即送往深切治療部接受低溫治療。五天後，她奇蹟般完好無缺地出院。以往如果病人的心臟在如此長時間停頓後，即使倖存，亦不可能依舊頭腦靈活，行走自如。如果當今世上還有奇蹟，這絕對是其中一個，低溫治療法應記頭功。

倘若 100 年前鐵達尼號的災難現場，有急症科醫生為凍僵的乘客進行搶救，歷史可能會被改寫，電影中由里安納度狄卡比奧（Leonardo Dicaprio）飾演的傑克，便不用慘死於冰冷的大西洋之中。

醫者同理心

“有個壞消息要告訴你，我診斷你患上了晚期的食道癌。”雖然我為這位病人感到無限傷感和惋惜，但仍以堅定的語氣說出我的看法。然後，不自覺地看了看腕上的錶，原來為他診症的時間只僅僅過了十分鐘，還沒有開始為他做任何檢查和化驗，結果便已揭曉。

七月的一個下午，該名 50 餘歲的男病人被私家醫生以肌肉發炎（Myositis）為由轉介到瑪麗醫院急症室求診。他過往一直身體健康，從事文職工作，家裏有妻子和兒女，是家庭的唯一經濟支柱。一個半月前背部突然開始腫痛，數度前往各公私營診所求診不果，痛楚的程度卻每況愈下，近期更雙腿麻痹無力，不良於行。因為頑疾纏身，他不得不辭去職務，四處求醫希望盡早康復。儘管情況日漸惡化需反覆求診，惟病人卻仍一直被不同醫療機構的醫生認為，只是患有肌肉或骨骼等小毛病，有些診所為他進行了血液化驗，另外的一些則以處方止痛藥作為治療，但情況並沒半點改善。一個星期前，他仍被另一所急症室的醫生診斷為簡單的背痛而已。陪同病人求診的姐姐不忿地向我投訴，某醫療機構的醫護人員甚至指責他並非患有重症，不應到該處求診，而把他趕走。

背痛確診食道癌

從病人略見瘦削的雙頰和説話時的沙啞聲線，我已嗅出了不妙之處，深知他患上了極為嚴重的疾病，於是耐心地詢問其詳細的病歷。最終單憑病歷就得出了一個肯定的答案：晚期食道癌。根據病人的徵狀，我推斷癌細胞已擴散至脊柱，並壓着脊髓神經，造成雙腿麻痹無力。而且，對喉返神經（Recurrent laryngeal nerve）的擠壓使聲帶癱瘓，導致聲線沙啞。因應病人的情況，我在急症室只為病人作了最簡單的放射學檢測。約 10 分鐘後，脊柱 X 光的圖像顯示病人胸椎某節椎骨碎裂崩塌。那是癌細胞擴散至脊柱的客觀證據，亦是近月來病人背部劇痛的直接原因。最後我在急症室病歷記錄中診斷那一欄目中，清楚地寫下“懷疑晚期食道癌，以待證實”，並把病人收進外科病房，提醒外科醫生儘快處理和治療。病人雖然一時間未能接受這噩耗，但對我能快速找出病因感激萬分。數日後，更全面的檢測結果證實我的推論完全正確。

食道癌在包括香港在內的華南地區是一種比較常見的癌症，其病因與食道表層細胞長時間不斷反覆受損和自我修補有關。其中，福建人因飲食文化中常喝滾燙的泡茶，引致食道表層細胞經常因熱力而受損，細胞在重複的自我修補過程中，較易發生偶發性的細胞病變而最終導致癌症，因此有較高的發病率。

食道癌最典型的病徵是持續惡化的吞嚥困難。食道管道因為日漸擴大的腫瘤而受到阻塞，造成食物滯留在食道腫瘤的上方，不能下嚥，並導致食物返流或出現嘔吐的徵狀。初期受影響的只是固體食物，所以病人往往被迫改吃流質食品充飢。當佔據食道管道的腫瘤因時間的推移變得越來越大，病人就連喝水都會遇上困難。因為不能正常飲食而造成的日漸消瘦和無力感，是後期常見的病徵。若得不到及時的治療，癌細胞透過血液擴散到全身不同的器官，更會引發各種相應的病徵。其中脊柱是癌細胞最常擴散到的地方之一，會引致持久的背部劇痛。癌細胞一旦擴散至其他器官，病情已進入晚期，一般來説已不可能痊癒。

我一直謹記當年在港大求學時教授説過的一句簡單教誨："約七、八成的病症不需要檢查和化驗，只要一個好的病歷，就能作出準確診斷。"多年後的今天仍因此番話而收益良多。然而病人並不是醫生，鮮能主動給予清晰的病歷，因此需要醫生用心地在問診過程中，不斷透過即時的理解和分析去引導病人説出重點病徵，方能發掘出完整的資料。

抽絲剝繭尋病徵

在這個病例中，上述食道癌的所有典型病徵他一個也不缺。吞嚥困難之兆其實和背痛都是在差不多同一段時間內出現的，而且他因為吃不下東西，在短短的一個半月裏體重下降了約 7 公斤。只是他認為背痛更為嚴重，因而忽略了吞嚥和其他方面的病徵，從沒有向所有醫生主動提起。我因觀察到他那瘦削的雙頰和沙啞的聲線，感覺到那並不是單純的肌肉問題，繼而不斷地追問其他相關的病徵。在病人模糊地説出吞嚥的徵狀後，便鍥而不捨地以此作為切入點，從病人口中有條不紊地找出所有重要的資料，描繪出一幅完整的圖畫，並以此作為依據，得出上述唯一合理的推論。一個從 10

分鐘問診中得出的詳細病歷，遠勝反覆的診症和無的放矢的檢測，當年教授的評言又得到了一次有力的印證。後來我問病人，以前為他診治的醫生有沒有詢問過除了背痛以外的病徵，我得到的答案竟是一個也沒有。

我深信，如果把我寫的病歷，讓所有曾經診治這位病人的醫生看看，他們全都能輕易地作出正確的診斷。我也相信，如果這些醫生的家人或摯友患上同一個病，表現出相同的病徵，他們一定會在很早的階段，就以他們的方式找出正確病因。同樣的病徵就清清楚楚地放在跟前，為甚麼有這麼大的差別呢？這個差別不可能單純地以知識水平和經驗作為解釋，更重要的是工作態度上的分野。

我對草率馬虎的行醫態度一直深惡痛絕，因為由醫者馬虎而起的錯誤，原可輕易避免，卻常以病人的生命作為最終代價。在 21 世紀的香港，相似的醫療錯漏事件仍時有在這個貌似文明先進的社會發生。因誤診延醫錯過最佳診治機會後，被迫到急症室求診的病人屢見不鮮，我經常為此欷歔不已。急症室儼如維護民康的最後堡壘，所有在外面那個紛亂的世界中得不到適當治理的患者，最終都選擇到急症室尋求最後機會。作為一名急症科專科醫生，我深感任重道遠。如果我們也犯錯，就必定迫使病人走上無法逆轉的不歸路。

體會病者感受

世上從沒有神醫的存在，也絕對沒有單憑醫術就能鶴立雞羣的人。所有的醫學知識都是公開的，沒有任何獨門秘笈之説。只要孜孜不倦地學習，誰都可以掌握豐富的醫學技術。在杏林中出類拔萃者，最與別不同之處，唯“用心”二字而已。雖然是老生常談，但的確唯有把每個病人都看成是自己的家人或朋友，把自己代進病者的角色之中，才能切身處地感受到病者的徬徨和焦慮，理解到他們真正的需要，從而發自內心地因應每個不同的情況和處境，為他們提供最實際的建議，解決最迫切的問題。

該名食道癌的病人找到病因時已病入膏肓，很快便要住進特別的療養院，接受善終服務。11 月初，他最終走完了這個世界的道路，距離在急症室確診只有短暫的三個多月。雖然只見過他一次，但我堅信這一生將沒法忘卻他求診時那絕望的眼神。為了他那絕望的眼神，我不得不高聲吶喊：“冀望所有醫者都以愛而行，用心善待病人！”

潛行有忌

我對"讀萬卷書不如行萬里路"這句古老的諺語深有同感，故經常身體力行，旅遊、遠足、滑雪、潛水，都是我的最愛。從這些活動中得到的知識和閱歷，絕非教科書中所能學到，反過來亦對診症的工作大有裨益。

某天凌晨時分，我在那個月黑風高之夜，同時治理了兩名臉帶肅殺之氣的不速之客。該兩名大漢早前在南海之濱與海中巨魔激戰數回合，因不敵而受傷，連夜乘快船落荒而逃，抵港登陸後，直闖急症室求診。稍作寒暄後，得知兩位勇士當天在南中國海域潛水作樂時以魚槍打魚，巨魚中槍受創後負隅頑抗，往深海潛逃，一下子把緊握着魚槍的壯士拖下 60 餘米的深海。他倆見勢色不妙，立即棄槍上浮，惟因氣瓶內空氣快將用罄，而在未完成減壓程序下緊急浮上水面。兩人雖撿回性命，卻瞬間出現四肢麻痹和關節疼痛等病徵。

潛浮太急，隨時致命

憑着自己多年潛水經驗，我即時診斷出他們患上潛水減壓症（Decompression sickness）。進行水肺潛水時，溶於身體組織中的氮氣因潛水員上浮太快，在血管內形成氣泡，阻塞了通往神經和關節的血管而引致典形的病徵，嚴重者足以致命。直接詢問他們幾個跟潛水有關的技術性問題後，我已透徹地掌握了事情的始末，驚覺他們幾乎違反了潛水活動中所有的安全守則，故登時加以訓斥。意想不到的是，二人得悉主治醫生是同道中人，對獲救的信心大增，忐忑的心情反而安定下來。進行簡單的檢驗後，迅速以救護車把他們送往位於昂船洲的消防處增壓艙（Recompression chamber），接受高壓氧治療（Hyperbaric oxygen therapy）。六小時後，二人完全康復。

翌日，另外兩名患有輕微減壓症病徵的潛水員跨區求診。他們跟前天兩位病者是同一夥的。他們的同伴叮囑道："那裏有一名潛水員醫生，你們再遠也要到那間急症室去讓他看看！"

隨着香港社會越來越富裕，以往只屬富家子弟玩意的潛水活動，近年已"飛入尋常百姓家"，變得越見普及。由於時下不少年輕人對潛水趨之若鶩，投身潛水教練行業的人數亦隨之上升。以我的觀察所及，不少年輕一輩的潛水教練除了專業技術未達爐火純青的境界外，對潛水活動可能導致的危險後果和處理方法也只是一知半解，更遑論把正確的知識授予學員。在這種環境下，近年考獲執照的潛水員普遍水下技術不佳，安全意識薄弱，很多人更是抱着向朋輩炫耀的心態才學習潛水。早前，我就曾救治一名自稱擁有高級潛水執照 3 年的年輕潛水員，她竟因為不能理解腕上潛水電腦錶顯示的危險訊息，無視要求立即停止任何後續潛水活動的警告，而繼續下潛，最終無可避免地患上潛水減壓症。不正確的心態、低下的控制技術和對安全意識的忽視，導致近年潛水活動中的意外傷亡例子日趨嚴重。

重視潛規則

水肺潛水（Scuba diving）本是一項舒適的休閒活動，但必須注意的是，它有一定的潛在風險，不能掉以輕心。潛水員在進行水下活動時，是透過呼吸氣瓶內的壓縮空氣維持生命的。因為水壓的緣故，潛水員身體所受的壓力隨着下潛的深度而增大。在水平線的位置，身體表面所承受的是一個大氣壓力單位。每下潛 10 米的深度，身體承受的壓力就上升一個大氣壓力單位。在 40 米深處，潛水員承受着 5 個大氣壓力單位的水壓，如此類推。下潛得越深，水壓越大，壓力對人體生理反應的影響也越明顯，發生意外的機會也越高，危險性也隨之而增強。

潛水時使用的壓縮空氣瓶。

水壓在潛水員下潛時逐漸上升，會對人體的胸腔產生擠壓效應（Squeeze），所以中耳和鼻竇等儲存空氣的器官在下潛過程中感到痛楚，這是十分普遍的現象。如果調節壓力的手法不善，便會造成耳膜和鼻竇破損。深潛形成的強大壓力，只要處理得當，對有經驗的潛水員而言並不是很大的問題，但對於初學者或浮力（Buoyancy）控制技術不佳者，處理失當卻可導致壓力創傷（Barotrauma），造成氣胸（Pneumothorax）或縱隔積氣（Pneumomediastinum）等潛在的致命症狀。

潛水員在水下消耗空氣的速率，與下潛深度、水下停留時間、活躍程度和個人身心狀況等因素相關。下潛得越深，深潛得越久，肢體活動得越激烈，進行潛水活動時有病在身或驚惶失措，均會加快空氣的消耗量。若在水下遇上急流或其他緊急狀況，潛水員未必有充足的空氣完成整個減壓程序便上浮。此時若沒有同行夥伴（Buddy）接應，出現潛水減壓症甚或在海中因耗盡空氣而窒息死亡的風險便會激增。所以建議一眾以娛樂為目的的業餘潛水員不要下潛太深及太久，亦不要在美麗的水下世界暢遊時，得意忘形地消耗過多的體力。更重要的是必須時刻遵守潛水活動的安全守則，與夥伴形影不離，互相照應，方為避免樂極生悲的上上之策。

進行潛水活動時，應與夥伴同時行動，免生意外。

造成血管堵塞

潛水減壓症是潛水員圈子之中最廣為熟悉的一個醫學名詞，然而卻沒有多少人對這個疾病有清晰的認知。簡而言之，在正常情況下，潛水員呼吸的是氣瓶內儲存着的壓縮空氣，而不是純氧氣。它的成分和自然界的空氣一樣，除氧氣外大部分是其他惰性氣體，尤以氮氣（Nitrogen）為最。隨着下潛時壓力的上升，壓縮空氣中的氮氣及其他惰性氣體在血液中溶解，並暫時儲存在身體各部分的組織之內。當潛水員上浮時，壓力開始逐漸下降，溶解在血液和身體各部分組織內的氮氣，便會在血管和組織內形成氣泡。如果潛水員能保持上浮的速度在安全水平之內，及在減壓區完成整個減壓程序，那麼慢慢形成的細小氣泡對人體並不構成任何不良影響。相反，若潛水員因各種原因造成上浮的速度過快，或未能在減壓區完成整個減壓程序，急速形成的氣泡就會堵住血管，使血液不能流到被堵塞血管下游的器官，引發潛水減壓症的出現。情況若未能得到及時改善，下游的器官組織便會因為缺乏氧份供應而壞死，造成永久性的損害。

潛水減壓症是潛水活動中最常見的意外。由於任何血管都有機會被氣泡堵塞，所以任何器官都有機會受影響，任何症狀都有機會出現，只是四肢麻痹、關節疼痛、皮膚痕癢和出紅疹等病徵較常見而已。診斷潛水減壓症主要依靠臨床判斷，並沒有可靠的檢測方法。一般而言，進行潛水活動後 24 小時內新出現的任何病徵，如沒有其他醫學上的合理解釋，都應被視作潛水減壓症處理。處理的唯一方式，是在進行必要的維生措施後，儘快把病人送往增壓艙接受高壓氧治療，務求在出現永久性的後遺症之前，透過為患者加壓，把堵塞血管的氣泡再次壓縮起來。情況就如在陸地上為患者再下潛一次。如果病人情況危殆，醫生和護士需要陪同患者進入增壓艙，隨時準備為其在艙內進行急救。

本港現時有兩個增壓艙，一個在昂船洲，由消防處管理和運作。該中心只接受經醫療機構轉介的患者，不接受私人求助個案。另一個則由私人機構營運，位於港島南區，有需要者可自行前往接受治療。

潛水減壓症的資料雖然在醫學的教科書上可以查閱得到，但醫生若無潛水經驗，實難透徹掌握事故發生的原因和過程，亦難以斷症。所以不少急症室的同事在遇到疑似的潛水減壓症時，都把病人轉介給我。我曾把這個病例刊登於報章上的醫學專欄。一個月後，一名同院的內科醫生來電，向我徵詢意見，關於治療一名患有嚴重潛水減壓症病人。我從未看過該病人，所以摸不着頭腦，於是問他為何會找上門。他説他的上司看了我那篇登在報章上的文章，知道我就是該找的人。這是我第一次遇到這種另類的跨部門諮詢，受寵若驚之餘，亦再次領會到“讀萬卷書不如行萬里路”這句諺語所言非虛。

第二章

急症大事件

意外緊急出動

“那汽車的油箱破了，汽油不斷地流到馬路上，可能有起火的危險。你可以考慮一下才決定進不進去。”現場的消防處指揮官在意外現場的警戒線外語重心長地對我說。

我救人心切，不假思索便回答：“我進去！”隨即斜背着塞滿急救用品的醫療袋，挪開攔在跟前的警備塑膠條，和助手快步走向四輪朝天、橫臥在路中的吉普車。

那是一個平常的晚上，當時我只是急症室的初級醫生，卻經歷了行醫生涯中一個不平凡的遭遇。瑪麗醫院急症室當晚收到醫管局通報，一輛吉普車在港島域多利道發生交通意外翻側，乘客被困，需要頗長時間方能被救出，要求派出醫療隊前往車禍現場協助救援。我奉命立刻收拾醫療用品和個人防護裝備，率領護士和助手各一名，乘坐救護車火速趕赴現場。

我跨過那條在馬路上緩緩流淌的汽油“小溪”，走到車旁，打開側門，小心翼翼地鑽進殘破不堪的汽車內。前窗透進來的昏黃街燈，隱約勾勒出被安全帶緊繫在前排座位上的少女和她那花容失色的輪廓，同時模糊地辨認出車外緊握着消防喉待命的消防員和他們眼中的焦慮。一根行人道護欄的長鐵桿穿過前窗，伸進車廂，鋒利的斷口就停在少女胸口兩、三厘米前。若再往前刺進多一點，少女必死無疑。我慢慢地挪到司機座椅的位置，一面安慰着動彈不得的傷者，一面快速審視着她身體各部分的情況。經過評估，我得出結論，她僅受了皮肉之傷，並無即時生命危險。於是我以嫺熟的技巧為其建立靜脈通道，並開始滴注生理鹽水和止痛劑……在那狹窄的空間內，我刻意放緩動作，生怕魯莽的碰撞會傷及少女。約 30 分鐘後，消防員成功從汽車殘骸中救出少女，抬上救護車送院。少女在車上一直緊握着我的手，感激之情溢於言表。

先遣隊院外救援

這個真實的故事鮮明地闡釋了急症醫學專科的職責範圍，並非只局限於醫院之內。根據跨部門災難應變計劃方案，在本港範圍內一旦發生任何緊急事故，最先到達現場的消防人員在評估形勢後，若認為傷者人數眾多且傷勢嚴重，或需較長時間才能救出被困傷者，現場的消防處指揮官可聯絡醫管局的值日官，提出派遣醫療隊到現場支援的請求。醫管局值日官接獲通報後，隨即致電靠近事發地點的急症室，下達院外救援任務。醫療隊會由正在當值的急症科醫護人員組成，一般由醫生、護士和助手各一人作為骨幹。

急症先遣隊抵達肇事現場後主要負責兩項工作。除了在上述只有個別傷者的意外中直接參與拯救行動外，另一項主要任務，是在涉及眾多傷者的災難情況下，於肇事地點為傷者進行現場分流（Field triage）工作。現場分流的主要目的，是以傷勢的嚴重程度和救活的可能性把傷者分為黑、紅、黃、綠四種級別，從而決定送院救治的優先次序。現場分流是傷者分類法，〈國慶海難，全力營救〉（頁 44）會另作介紹。在第二種情況下，由於傷者人數眾多，所以意外地點附近的另一所急症室，亦會調派一名資歷深厚的急症科醫生到場，擔任現場的醫療控制主任（Medical control officer），負責領導急症先遣隊的救治工作，以及透過與醫管局值日官緊密的溝通，因應各醫院的承受能力，協調運送大量傷者往不同醫院。

在醫院以外為傷者進行急救，對所有醫護人員而言，皆是一項極大的挑戰，並非每人都有足夠的臨床技術和良好的心理質素應付自如。院外和院內的救護環境大不相同，醫療隊在現場執行任務時天氣變幻莫測，加上缺乏醫療器材、藥物和人手各方面的支援，卻要獨力面對為數眾多、包羅萬有的各種危急情況，有時候甚至自身的安全亦受到一定威脅。由於急症科醫護人員平常在醫院內工作時，經常在人手短缺、檢測設施不足的情況下，憑藉豐富的臨床技術和簡單的檢測儀器就能快速處理各類嚴重的醫療狀況，他們的能力和心理質素跟醫療隊的要求最為吻合。

黃金搶救一小時

能否成功搶救重傷患者取決於時間。在現場耽擱得越久，死亡率和出現嚴重後遺症的機會就越高。在創傷救治中有黃金一小時之學說，意思是在意外發生後一小時內，為傷者進行全面和確切的治療，必要時要為傷者進行緊急手術，以挽救生命和保存肢體功能。受制於攜帶的急救包容量有限，醫療用品和藥物數量不多，再加上各種客觀原因的制約，急症先遣隊不可能完全診斷出傷者的所有內外傷勢，更不可能在現場進行徹底的治療。因此先遣隊採取的是一個俗稱為“載了就走”（Load and go）的策略，首要目標是在現場透過簡單的方式快速地穩定傷者的情況，減低傷者在送院途中的死亡風險，並爭取時間儘快把病人送往醫院的急症室，進行後續診治。特別在涉及眾多傷者的意外中，為了讓最多的遇難者受益，先遣隊絕不糾纏於救治單一傷者，而是把有限的時間和資源有效地投放給所有等待救援的人士。

在創傷救治過程中，對傷者的氣道管理和維護是各項工作的重中之重。傷者的氣道一旦受損，或因各種原因受到阻塞，因而引起的呼吸困難，可以在數分鐘內導致大腦及心臟等重要器官出現不可逆轉的嚴重損傷，即使最終能保住性命，亦必然會造成影響終生的永久性後遺症。因此，先遣隊在現場的最主要搶救手段，是為危殆的傷者擺放氣道插管（Endotracheal tube），以確保氣道暢通及使用人工呼吸器幫助其呼吸。在醫院內準備充足的情況下，不少科目的醫生固然能為病人擺放氣道插管。但在戶外的不明環境，缺乏輔助工具和麻醉藥物的情況下，那卻是一項令人望而生畏的醫療程序，需要極高超的呼吸道處理技術才能克服箇中的困難，大概只有在最嚴峻的工作環境中飽歷磨練、身經百戰的急症科醫生才有較高的把握獨自完成。

每次遇到災難事故，由急症科醫生、護士和助手組成的機動部隊，能瞬間化身為無遠弗屆的急症先鋒，放下自身生命安全的考量，走在危險的最前線，懷着強烈的使命感救急扶危，服務大眾。

國慶海難，全力營救

“特別新聞報道：一艘港燈公司遊覽船‘南丫四號’和一艘港九小輪‘海泰號’，剛於晚上 8 時 15 分左右，在南丫島榕樹灣對開海面相撞，‘南丫四號’瞬即下沉。船上數十名乘客墮海，並有多人失蹤。政府各部門正展開全力拯救……”

2012 年國慶日晚上，短促而熟悉的電視新聞報道背景音樂在意料不及的時間突然響起，神色凝重的報道員隨後以略帶顫抖的聲線，宣佈以上的消息。正在朋友家中聚會的我，心中驀然生起不祥預感。後來電視反覆播放着肇事遊覽船“南丫四號”垂直插在海中的畫面時，驚慄之餘，腦海裏一片茫然，只剩下多年急症室工作生涯催生的唯一一個本能反應：這是一宗災難事件！震驚過後，腦際便馬上開始不斷重溫應對災難事件的各種步驟，為即將面對的嚴峻搶救工作，預先作好心理準備。

在本港的公共救援系統裏，若單獨一宗意外，傷者人數眾多而消防處須要動用多於四輛救護車進行拯救行動時，該意外即被初步定義為災難事件。遇到災難事件，消防處會把初步的資料，快速通報醫管局的值日官，讓肇事現場附近的各所公立醫院急症室，作好接收及搶救傷者的準備。

評估傷勢的重要性

各醫管局轄下的綜合性醫院都制訂了災難應變預案指引（Disaster plan），規範了在極短時間內動員整間醫院各部門人手、調配各病房牀位，及運用其他各種醫療資源等大量工作的程序。由於災難事件的初步定義只以受傷人數界定，並沒有考慮傷者受傷嚴重程度這個重要因素，所以不能完全反映意外的嚴重性。根據以往的經驗，在很多涉及大量傷者的意外中，大部分人的傷勢都並不十分嚴重。如果在未充分掌握傷者傷勢的情況下過早啓動預案，召喚大量醫護人員趕返醫院待命，只會勞師動眾造成混亂場面，反而影響了搶救的效率。因此，事發時急症室當值的最高級醫生，早在傷者抵達前，便須與急症室主管建立起良好的溝通渠道，透過陸續獲得的資料和對病人傷勢的評估，不斷修正對意外嚴重性和醫院承受能力的判斷，從而決定最終是否需要啓動預案。

由於瑪麗醫院是距離海難現場最近的一所大型綜合性醫院，該院急症室首當其衝，自然是接收首批最嚴重傷者的單位，也是最主要的救助醫院之一。單憑電視新聞的畫面，當晚很多不在值勤之列的瑪麗醫院急症室醫護人員如我一樣，都立刻意識到這是一宗災難事件。根據預案指引，為免引起電話線路阻塞，醫護人員不該主動致電醫院查詢，而應隨時候召趕回醫院。那天晚上，為了不增添內部的煩亂，大半數瑪麗醫院急症室的休班同事都在家中默默候命，準備為死傷者貢獻自己的一份力量。

跟在家裏坐立不安地等候電話的人員相比，當晚在急症室當值的同事，忙得連停下來喘息一下的機會都沒有。八時半左右收到事件通報後，當晚急症室的最高負責人麥醫生即時把訊息上報給急症室主管。由於當時關於傷者的訊息混亂，而且首名傷者還未送達，所以部門各高級管理人員經磋商後達成共識，暫時不啓動醫院災難應變機制，之後視乎客觀情況而隨機應變。急症室同時也知會了醫院各科病房，作好人手、牀位和手術室等方面的應變準備。部分其他部門主管亦隨即在各自的工作崗位戒備。

堅守前線崗位

麥醫生面對瑪麗醫院自 1993 年蘭桂坊事件後最大的災難事故，臨危不亂，先調派現場人手治理原本積聚在急症室的病人，並透過廣播系統向候診者發佈災難訊息，呼籲病情較輕者本着“人人為我，我為人人”的精神，耐心候診，務求儘快騰出空間和人手救治即將到來的傷者。接着他緊急電召當天在替補名單上的吳醫生回院幫忙。身為初生幼女之母的吳醫生當仁不讓，應聲起行；繼而喚召當晚稍後上夜班的張醫生和麥醫生提前回院值勤。本已下班的譚姓和白姓護士在未被通知下，主動重返急症室協助救援工作。其他將要下班的醫生和護士大都自願延長當值時間，留在醫院。大家在面對巨災時展現的無私奉獻之心，確保了參與救護人手方面的充足。

不久，麥醫生因應消防處的請求，向鴨脷洲碼頭派遣了一支由張醫生、何護士及楊姓女助手三人組成的醫療支援隊（Medical support team），乘坐救護車前往傷者獲救上岸集合的地點。醫療隊到場後的主要任務，是快速作出現場分流（Field triage），以傷勢的嚴重程度和救活的可能性把傷者分為黑、紅、黃、綠四種級別，從而決定送院救治的優先次序，並對重傷傷者展開現場搶救。根據預案，災難現場應有一名從另一所急症室派出的資深急症科醫生，擔任醫療控制主任（Medical control officer）。由於不明原因，該名人員當晚並未到場，醫療控制主任一職，由張醫生兼任。

現場分流中的黑色類別，應用於已被證實死亡，或傷重至肯定無法挽救之傷者。在災難情況下因受傷者眾，為了讓最多的人士得到及時的救治而獲益，一般在現場對黑色類別的傷者不作任何搶救；紅色類別代表生命有即時危險的傷者，是進行現場搶救和優先送院的主要對象；黃色是指傷勢不重，但喪失自由行走能力之傷者；綠色則是傷勢輕微且能自由活動之人士。

五間醫院同力救治

為免某一間醫院因一次接收過多傷者而超過其應付能力，依照跨部門災難應變預案，在運送傷者的首個循環中，每間醫院接收不多於 4 紅及 16 黃或綠類別的人士。當晚，經醫療隊現場分流的傷者，被分別送往瑪麗、律敦治、東區、廣華及伊利沙伯 5 間醫院的急症室。醫療隊一直在碼頭工作至深宵二時，先後為兩名極度危殆的遇溺者在救護車上插入呼吸管協助呼吸，並施行心肺復甦法（CPR）拯救生命，最後兩人均被送往瑪麗醫院急症室救治。

瑪麗醫院急症室從晚上 9 時 53 分起接收首名傷者，共治理 22 名遇險人士。其中 4 人死亡，6 人需要住院留醫，並接收了 2 名從另一所急症室轉送過來的重傷病人。5 間肩負搶救任務的醫院，其中 4 間啓動了醫院災難應變預案，惟瑪麗醫院除外。在瑪麗醫院進行的搶救工作中，除了一名傷勢特別嚴重的傷者經醫院創傷小組（Trauma team）會診外，其他均由急症室的醫護人員在不影響醫院正常服務和運作的情況下獨力承擔。不少當晚參與搶救任務的急症室員工在凌晨離開工作崗位時，已連續奮戰超過 12 小時。

市民大眾為海難中失去寶貴生命的遇難者哀悼時，請不要忘記以上這些不眠不休、拯救生命的醫護，還有那些焦急地守候在家中隨時候命的人員。就是這一羣平常默默耕耘、寂寂無名的急症室前線醫護人員，當需要他們的時機瞬間出現，便即時自發地為同一個單純的目標凝聚在一起，盡忠職守，以自己有限的能力展現出人性無限的光輝，全心全意維護市民的生命安全。這是急症室團隊“肩負責任、施行仁愛、追求卓越”等高尚精神的最完美演繹。

理性防疫

本人自小喜愛閱讀古今中外的名著，年少時讀到英國女作家珍奧斯汀（Jane Austen）的《傲慢與偏見》（*Pride and Prejudice*）和《理智與感情》（*Sense and Sensibility*）時，總想不通為何小説家筆下的英國少女都那麼弱不禁風，患上發燒後每個都差不多到達瀕死的邊緣。另外，《三國演義》中其中一段最引人入勝的描寫，當屬華佗為關雲長刮骨療傷的故事。漢壽亭侯關羽率蜀軍圍攻曹營樊城，為城上流矢所傷，因劇毒入骨而怠誤戰機。神醫華佗前往為他治療，關羽與隨從於軍帳內舉杯對飲，任由華佗在毫無麻醉措施之下割開胳膊肌肉，刮去深入肱骨（Humerus）之內的餘毒，仍面不改容，談笑自若，真箇英雄也！

後來上了醫學院，發現前者倒是實情，後者恐怕是作者羅貫中先生為突出武聖威武形象的妙筆生花之作而已。在抗生素（Antibiotic）發明前的歲月，由微生物（Microorganisms）引起的感染（Infections）確是導致不少人英年早逝的主要病因。微生物主要分為兩大類別：細菌（Bacteria）和病毒（Viruses）。一些如今看來並不難控制的細菌和病毒，在那個年代卻經常是致命的殺手。我並不懷疑華佗的醫術，也絕無意貶低他的手術技巧。但在公元200年那個魏蜀吳割據爭霸的三國時代，對微生物一無所知、完全沒有對付方法的知識混沌時期，要割開皮肉，深入骨頭，讓人體內部的組織直接曝露於空氣之中，手術即使成功，因手術期間接觸空氣中微生物而引起的敗血症（Septicaemia），也足以提早免除武聖被東吳梟首之辱。

直到 1928 年英國科學家佛來明（Alexander Fleming）意外發現史上首種抗生素盤尼西林（Penicillin）後，經過不懈的研究，最終研製出能有效對抗細菌的藥物，並讓其實至名歸地贏得 1945 年諾貝爾醫學獎，人類歷史亦因而改寫。這項偉大的發明使一貫高傲自大的人類，一度傲慢地誤信已戰勝渺小的微生物，但後來隨着廣泛使用盤尼西林而引起抗藥性（Drug resistance），加上不斷發現新的微生物種類，人類始領會與微生物的博弈，是周而復始的長久戰爭，終結之日遙遙無期。

微生物的有利發展空間

香港是一個和平的城市，戰爭和暴亂幾近絕跡。但作為一個交通繁忙的國際大都會，這片狹小的地域商旅交往頻繁，來自世界各地的人川流不息，為微生物在人與人之間的傳播，提供了必要的條件和快捷的途徑，使這塊土地經常陷入由微生物蔓延而起的瘟疫泥潭之中。繼 2003 年的沙士（Severe Acute Respiratory Syndrome, SARS）之災，本港已先後爆發禽流感、豬流感、手足口病、猩紅熱等疫潮，本人在急症室亦經歷過這些瘟疫的診治工作。

每當疫情警報響起，大批憂心忡忡的市民必會湧往急症室求診，使人力資源本已極度匱乏的急症室雪上加霜，醫護疲於奔命。

很多平常收費高昂的私營診所和醫院，或因對新疫症缺乏了解，或因欠缺檢測手段，又或為了避免自己的病房爆發疫情而影響經營，總是把不少疑似患者轉介急症室，繼而加重了的急症室的壓力。

沙士與肺結核的比對

如所有疾病一樣，每種由微生物而起的傳染病，如愛滋病（Acquired Immunodeficiency Syndrome, AIDS）、瘧疾（Malaria）、手足口病（Hand-foot-mouth disease）或流行性感冒（Influenza），都會導致死亡，分別只在於死亡率的高低差異。以這四種傳染病為例，前兩者的死亡率極高，而後兩者極低，因此不能說某種流行傳染病出現死亡案例就是嚴重，必須傾全港之力進行抗疫工作，而沒有死亡案例的便可置之不理。其實本港過去十餘年大部分疫症患者的情況都相對穩定。

以最嚴重的沙士為例，其死亡率並不比肺結核（Tuberculosis）高很多，其他的就更是零星的死亡數字而已。根據香港衛生署衞生防護中心公告的統計數字，2003 年證實患上沙士的病人總數僅為 1755 人，死亡人數 299 人。若包括那些在確定致病元兇為冠狀病毒前的疑似病例，人數則上升至病者 5327 人，死者 348 人，死亡率約為 6.5%。而當年患上肺結核病的市民共 6024 人，死者 275 人，死亡率為 4.6%。與沙士疫症作橫向比較，肺結核病無論在發病率或死亡率上均與沙士相仿。沙士在本港只肆虐了數月，而肺結核則在近十年每年都徘徊於相若的發病率和死亡率之間。假若兩種傳染病嚴重程度大致一樣，而前者稍縱即逝，後者卻持續遺禍，按理分析，則後者顯然需要更多的關注。事實卻正好相反，沙士在當年導致香港人心惶惶，商場食肆門可羅雀，經濟活動大受打擊，而肺結核病則多年來完全為市民大眾所忽視。顯而易見，在瘟疫蔓延時市民的認知程度受到政府和傳媒不全面的報道影響，容易產生不理智的羣體性恐慌情緒，繼而展現出非理性的行為。

經時間和事實證明，沙士之後的眾多疫情皆屬輕微例子，毋須過度惶恐。對於仍未完全明瞭的疫症，於我而言，説句不知道便是最正確的認知態度。因為即使不知道疫情的源頭和致病的元兇，只要小心謹慎而行，根據病人的臨床特徵作出判斷，從中區分出嚴重和不嚴重的個案，分別處以相應的治療，也不是特別困難的事情。畢竟，身處風高浪急、險灘惡水之中的前線急症科醫生，早已習慣了在迷霧中僅依靠微弱的星光摸索，向目標航行。

過分恐慌，禍害更大

本人不齒某些自稱專家的人，每當疫情來襲，尚未弄清實情，就在傳媒跟前侃侃而談，説道若病毒的基因變異，就可能殺死成千上萬的人。我對這些唯恐天下不亂的假設性論調極為鄙視。病毒的基因變異，固然有可能殺死成千上萬的人，但相反也可能令殺傷力降低。所以只説可能，而不説可能性有多大，是沒有意義的，只會為社會帶來負面的影響，乃不負責任的行為。而由這些“可能”帶來諸多勞民傷財，而非理性的防疫措施，例如對曾經與染病者入住相同酒店或乘坐相同航機汽車的所有住客和乘客，都需要進行強制醫學隔離觀察；對沒有病徵的被隔離者，處方副作用繁多的特敏福；對所有從零星感染地區回港後，患上輕微病徵的人士實施強制入院治療；中學爆發疫潮卻關閉全港小學和幼稚園，任由放假學生到公共地方聚集，而蒙受更高感染風險等等的例子都歷歷在目。那些專家只要把“可能”放在心上，埋首做好研究，千萬不要輕易把這些話掛在嘴邊，以免為市民帶來比病菌本身更嚴重的災禍。

無論禽流感也好，豬流感也好，手足口、猩紅熱也一樣，説到底都是由微生物引起的輕微疾病，其嚴重程度跟其他未受傳媒廣泛報道的傳染病相比，並無二致。大部分病者經簡單的治療後便能完全康復，不必視之為洪水猛獸。政府過往虛耗大量醫療和社會資源防治微不足道的小病，不但“殺雞錯用牛刀”，成本高昂的措施亦難以有效防止高傳染率的疾病。更甚者，接踵而來的擾民措施反而會引起不必要的公眾恐慌，對防疫不利之餘，亦影響各種正常社會活動。醫護人員在診治過程中，只要以平常心應付，根據臨床情況以正常醫學原則處理即可，毋須任何不必要或過多的舉措。

隨着醫學技術不斷進步，市民整體健康狀況持續改善，未來傳染病的死亡率只會越來越低。面對新疫症，民眾只需管理好個人衛生狀況，患病便去求診，多爭取時間休息，不必矯枉過正，自亂陣腳。除此以外，防疫別無他途。

創傷救治的藝術

清晨 5 時許，兩輛紅色小巴在西環德輔道西及西邊街交界的十字路口猛烈相撞，其中一輛翻側，造成車上司機及乘客多人受傷。車禍後，全數 13 名傷者被救護車分批陸續送往瑪麗醫院急症室治理。

當天早上我剛巧值班，負責救治傷勢最嚴重的一位乘客。護理各類創傷，是急症醫學中一個重要的組成部分，亦是急症科醫生其中一項專長。

當車禍發生後，抵達現場的消防處拯救隊員對現場情況進行評估後，透過聯絡官向急症室報告詳情，讓急症室儘早調配人手和作好各樣準備。由於知悉傷者人數眾多，急症室人員隨即展開工作，在首個傷者送抵前已為準備各種醫療儀器和藥物，忙得不可開交。

當天治理該名最嚴重傷者的急症室創傷急救小組包括本人及另外三位護士，大家各有分工，各司其職。由我當急救小組組長，負責評估傷者傷勢及作出相應的臨床決定。一名護士集中處理傷者的呼吸道問題，一名專職處理循環系統的情況，而最後一名則總攬其餘搶救事項。

本港的醫護人員在救治嚴重的創傷患者時，都是跟據美國外科學會所創辦的《高級創傷生命支援術》（ATLS）原則，進行系統化處理。由於急症室每天都要處理各類創傷患者，包括工業意外、交通意外、運動創傷、家居意外、各類罪案引致的受傷等等，難以盡錄，所以這個課程是每位急症室醫生護士的必修科。由於經驗豐富，所以急症室醫護人員亦是醫院各部門中治理創傷最全面、最具決斷力的專家。

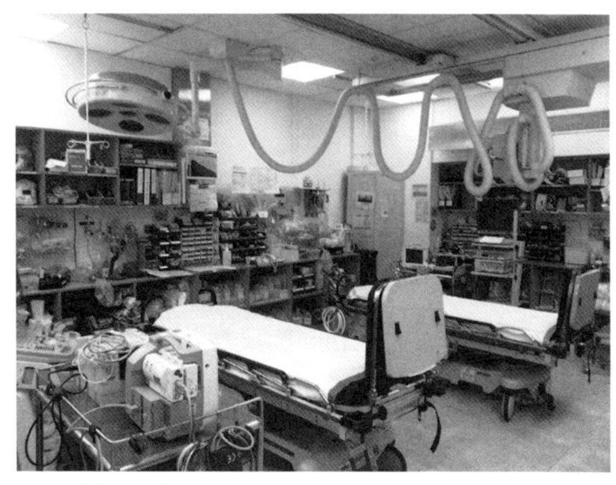

急症室的急救間（Resuscitation room）

創傷急救 ABC

當傷者被送進急救間（Resuscitation room），我便按着 ATLS 的原則迅速地對他的氣道（Airway）、呼吸（Breathing）及循環系統（Circulation）的受損情況進行初步評估（Primary survey）。這三個主要的系統常被簡稱為急救醫學中的 ABC，對它們的評估和搶救是創傷處理中的重中之重。其中任何一個系統受到嚴重損傷，都會使死亡率和出現嚴重後遺症的機會大增。我在評估 ABC 時，亦同時向傷者及救護員簡明地查詢與車禍相關的重要情報和傷勢概況，包括諸如車速、如何相撞、有否翻車、車輛損毀狀況、現場有否人員即時死亡、傷者有否被拋出車外、有否昏迷、意外後能否自行走動、身體甚麼部位疼痛等資料，務求儘快評估出車輛撞擊的力度和傷者受傷的嚴重程度，繼而作出相應的處理。傷者在那輛小巴翻側時失去平衡，身體多處部位與硬物碰撞受傷，疼痛難當。幸好一直清醒，維生指數尚算正常，ABC 方面亦無即時危險。

由於當時傷者眾多，其他醫生都忙着救治傷勢較輕者，急救間裏除護士外只剩下我一名醫生，組長以外屬於醫生範疇的工作，便得一力完成。急救小組為傷者洗練地完成輸送氧氣、建立血管通道、輸液及抽血化驗等措施，以穩定傷者各項維生指數。

待初步評估完成及傷者的情況穩定後，緊接着的第二個環節就是為病人進行從頭到腳、從前到後的詳細檢查（Secondary survey），並輔以臨床超聲波（Ultrasound）、X 光和電腦掃描（CT scan）等檢測手段，務求準確找出所有表面和體內的受損器官及部位，以決定最終的治療方式。概括説明，致命的創傷多由嚴重的內部出血引起，常見於胸腔或腹腔創傷、不穩定的盤骨骨折或多發性長骨骨折等情況。此外，嚴重的腦部創傷亦是甚為普遍的致命原因之一。遇上這些情況，及早進行緊急手術是挽救生命的唯一選擇。

按壓檢查，從外到內

對病人身體正面部位的檢查，包括目視檢測表面各處受傷痕跡，及對胸腔、腹部及盆骨等部分進行按壓，判斷各處有否骨折及出血跡象。此外，亦要對傷者的瞳孔反應、四肢活動能力及脊髓反射作出檢查，以斷定中樞神經的受損情況。檢查病人的背面比檢查正面來得複雜，需要合三至四人之力，在必須固定頸項的前提下，把傷者在病牀上翻側 90 度，由另一名醫護人員由上而下按壓整條脊柱，以評估有否潛在的脊柱骨折情況。同時亦需進行探肛檢查，以肛門的閉合能力評估中樞神經的完整性，並透過手套上是否沾染血漬，而判斷腸道有否受損。臨床結果顯示傷者的頭、頸、胸、腹、背和右腿都有受傷。

完成臨床檢查後，我隨即以超聲波儀器，快速地評估了傷者腹腔內部的受傷情況（FAST scan），結果顯示正常，沒有出血現象。根據多年臨牀經驗，推斷傷者傷得最重的是胸部，胸部應有多處骨折，但暫無性命之虞。其他部位只是皮外傷而已。因為傷者的脖子在檢查時反映疼痛的跡象，頸骨骨折的可能性未能完全排除，所以一直替病人戴上護頸套，避免因頸骨移位壓着脊髓，而引致中樞神經受損。為病者透過靜脈注射止痛劑後，進一步安排了心電圖、X 光和電腦掃描等一系列檢查，以完成整個創傷評估程序。

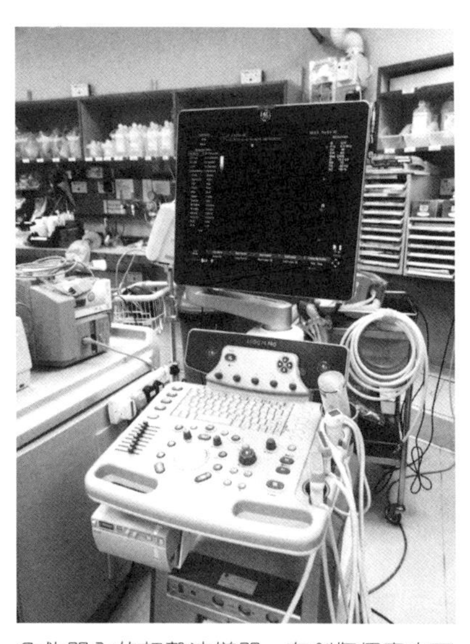
急救間內的超聲波儀器，在創傷個案中可快速評估傷者腹腔內部的受傷情況（FAST scan）。

現時本港各綜合醫院均設有跨部門創傷急救小組（Trauma team）的機制，由急症科、外科、骨科、麻醉科和深切治療部醫生組成，約 8 至 10 人。如果病人剛進入醫院便啓動機制，召喚所有組員到急症室會診，難免人多手腳亂，勞師動眾，事倍而功半。所以如果情況許可，有經驗

保護頸骨避免移位的護頸套。

的急症科醫生大多選擇獨自完成大部分穩定和評估工作後，才啓動醫院創傷小組機制。我向其他魚貫到場的各科醫生簡述車禍情況和傷勢評估結果，並領導各人繼續完成餘下的搶救步驟。

由於最初的肺部 X 光片只顯示傷者有一根肋骨折斷，創傷急救小組的醫生都感到如釋重負，但我未敢太樂觀，因為了解 X 光有其局限性。X 光射線的角度有時候不能清晰地完全顯示出所有的肋骨骨折，而且根據我的臨床評估，傷者應有多處骨折。其後我去診治其他的車禍傷者，由創傷急救小組的其他醫生護送該名病人作全身電腦掃描。檢查完畢後，負責審閱電腦掃描的同事仍舊只看到一條肋骨骨折。我依然半信半疑，懷疑掃描結果與臨床評估為何完全不符。幸好後來放射科醫生以專業的眼光再度審視電腦掃描圖像，及時證實傷者一節頸骨輕微骨折，另外胸部兩面有多於十條肋骨折斷。傷者最後被送入外科病房觀察治療，毋須進行手術，一段日子後便平安出院。

在創傷救治之中，時間就是生命。救治時間越短，傷者的生存機會越大，回復正常功能的概率亦越高。而急症科醫護人員在創傷救治方面的知識和經驗，為傷者換取了寶貴的時間。

孕婦衝擊急症室

“我的孩子出來了，快來幫忙！”一個平常的深夜值班時間，一名外籍男士氣急敗壞地跑進瑪麗醫院急症室，一面指着大門，一面神色慌張地對着當時正上夜班的我咆哮。我隨即停止手上的工作，跟他快步走出門外查看究竟。

我馬上被眼前的情景愣住了。只見停在急症室正門外的一輛吉普車前排座椅上，一名年約三十餘歲的白人女性雙腿緊蹬着汽車控制面板，額角上流着豌豆般大的汗珠。憑藉多年在急症室接生的經驗，我料到該女士臨盆在即，已等不及送進婦科產房，必須即時為她接生。於是呼喚其他醫護立即準備分娩和搶救嬰兒的儀器，並推來病牀，把孕婦送進急救室。可是無論我如何好言相勸，孕婦在分娩的劇痛中堅拒下車。從打開的車門看到孕婦的胯下，已隱約出現嬰兒的頭顱，於是決定不再浪費時間作口舌之爭，唯有硬着頭皮，在車內為她接生。

我蹲在座椅旁，指導她如何呼吸和用力，一氣呵成誕下女嬰，並以毛巾托着濕漉漉的嬰兒，以免她掉在地上。婦人這才竭力地下車，躺在病牀上。在急症室其他候診者驚惶而好奇的目光下，我站在牀邊，以剪刀剪斷連接母女的臍帶，隨後把二人送進急救室繼續護理工作。

以超聲波（Ultrasound）檢測確定婦人腹中並沒有其他胎兒後，便為產婦注射促進子宮收縮的藥物，以減低產後出血的風險。隨即轉身走向嬰兒搶救台，為剛誕下的女嬰作詳細身體檢查，證實一切正常，毋須急救，只需置於保溫箱內等候入院。接着回過頭去，以控制性臍帶牽引法（Controlled cord traction）順利地為產婦排出仍依附在子宮內的胎盤，完成整個分娩程序。

十餘年來，我在瑪麗醫院急症室為超過 20 位臨盆的孕婦接生，是該部門接生最多的一位醫生。近年孕婦衝擊急症室情況嚴重，資深的急症科醫生經常要一人分飾產科和兒科醫生兩角色，在最緊急的情況下憑藉臨床技術，克盡己任維護母子安全。由於本人在這方面身經百戰，亦深感身受其害，因此想就近年鬧得沸沸揚揚的孕婦衝擊急症室產子問題發表一下意見。

平心而論，在急症室產子的孕婦並非全部來自內地，但內地孕婦確實佔了統計人數的八成以上。相對於本地產婦只因交通原因，來不及適時趕往醫院外，內地孕婦卻多是刻意延遲入院時間，以避免被警方過早發現而遭遣返，或為求減省住院費用而已。那些沒有在私家醫院作預約生產的內地孕婦，來港後大都足不出戶，一直留在月子公寓或親友家中，甚少作產前檢查，一直待到臨盆一刻才趕往急症室。這種做法無論對母親或胎兒的健康都構成極大的風險。

不做產檢，危險倍增

約一年前我才在急症室為一個從沒有作過產前檢查的婦人，診斷出患有現今已極為罕見的嚴重先兆子癇（Pre-eclampsia），又稱妊娠毒血症，典型病徵如高血壓、蛋白尿、下肢腫脹、頭痛、暈眩和胃痛，她都集於一身。更讓人擔憂的是她可能隨時出現持續的癲癇症狀，使母子兩人因孕婦全身肌肉抽搐，而陷入缺氧的境況，是產科中極為危險的情形。婦人須在入院 3 小時後接受緊急剖腹手術，誕下早產嬰兒，以保存兩人性命。假如有定期的產前檢查，這種懷孕期間的嚴重併發症是可以及早發現的，而且是完全可以避免的，根本毋須置醫生、護士、孕婦和胎兒在內，所有相關人士於危機之中。

內地孕婦衝擊急症室產子除了危害母子雙方的健康外，對急症室醫護人員亦構成既巨大、又不必要的壓力。在婦科醫生和助產士準備充足的情況下，分娩過程大都簡單而順暢，甚少需要“勞師動眾”。但孕婦衝擊急症室，卻完全不同。醫護人員對婦人整個懷孕時期的重要資料一無所知，迫使他們必須在極短的時間內，迅速對孕婦和胎兒完成評估，而在正常情況下需時數月才能完成，難度可想而知。由於懷孕涉及兩條生命，彼此血肉相連，任何一方發生問題，都不可避免地影響另一方的健康狀況。大部分孕婦及其家人皆不會預期分娩過程會出現意外，所以病人的期望和醫護人員面對的困境之間，實在存在極大的落差。分娩過程中稍有失誤，會招致病人諉過投訴。但這能怪責醫護人員嗎？如果孕婦罔顧嚴重後果，連自身和胎兒的健康都不願意承擔責任，難道要盡心盡力協助的醫護人員承擔意外結果嗎？

在本港大型的綜合性醫院，當值的婦產科和兒科醫生會被傳呼到急症室協助生產過程。即使是婦產科醫生，在急症室那種並非為分娩而設計的陌生環境，亦會有如坐針氈，力不從心的感覺。曾遇到一些經驗略淺的婦產科醫生，只懂得站在我身旁，一直看着我忙碌。而在細小的地區性醫院，整個過程只能由急症室醫護人員一力承擔。分娩後，母子二人在急症室醫護的陪同下，會由救護車轉送附近的綜合醫院作進一步護理。雖然急症室醫生曾接受正常情況下的接生訓練，但畢竟欠缺婦產科醫生全面的技術。當遇到如胎兒臀部先露（Breech presentation）、臍帶脱垂（Cord prolapse）等危急情況，在缺乏婦產科醫生的現場支援下，難以獨自解決複雜的產科問題，因而大大增加了孕婦難產的風險，母子雙方的生命安全亦難獲保障。這是孕婦衝擊急症室前必須考慮的後果。

當發現產婦臨盆在即，急症室大量的醫生和護士會被調派協助處理。一組的醫護負責替產婦接生，為婦人進行會陰切開手術（Episiotomy）、胎兒頭部姿態調整、出胎、剪臍帶、出胎盤和協助子宮收縮等步驟。另一組則負責為初生的嬰兒檢查和搶救。生產過程需時，且動用了大量人手，一些非緊急的護理程序在分娩期間必然受到影響及延誤，因而對其他候診者亦帶來諸多不便。

衝關全為居港權

本人認為，一紙居港權是內地孕婦蜂擁來港產子的最主要誘因。這種情況只肥了少數相關行業的經營者，對整個香港社會卻百害而無一利，也為某些特權階級創造了腐敗的機會。數年前我曾遇到一名已足月的內地孕婦衝擊急症室。她以往從來未曾踏足香港半步，一天上午，她的腹部開始出現陣痛，便立即到內地有關部門申請來港的旅遊證件，竟獲批准。她即日長途跋涉，從惠州乘汽車輾轉直搗黃龍，抵達位於港島半山的瑪麗醫院要求產子。看着嬰兒的居港權到手了，婦人眼中泛出激動的淚光。我打從心底為她堅毅不拔的耐力和忍痛能力而驚嘆，可惜這種“良好”的品質看來難以轉化成造福香港的建設性動力。

不決斷地鏟除這個衝擊誘因，任憑公院產子收費增加得有多高，私院產子名額減去多少，都不過是紙上談兵，絕不可能瓦解那些千方百計南下的孕婦大軍。

運動場上的慘劇

2012 年 3 月 17 日上演的英國足總盃賽事，出現了讓人震慄的一幕。保頓球員梅姆巴在比賽期間突然心臟病發倒地昏迷，完全失去所有生命表徵。幸得在場觀看球賽的一位心臟專科醫生及時參與搶救，梅姆巴回復心跳後被迅速送院救治，最後逃出生天。

這類運動場上的嚴重意外事件，不分地域和時間，時有所聞。事隔約一個月後，不幸事件在意大利乙組足球聯賽中再度上演。利禾奴中場球員摩路仙尼突然倒地不起，搶救無效身亡，他年僅 25 歲。近期本地最廣為人知的一樁運動悲劇，則可追溯到 2012 年 2 月 5 日香港國際馬拉松大賽當天，一名半馬男跑手跑畢全程後突然不支倒地。雖然在場的其他運動員和醫護人員先後為其急救，惟最終不治。

醫療支援，保障安全

運動場上的意外可分為兩種。一是涉及眾多傷者的羣體性事件，多由不同隊伍支持者之間的毆鬥，或因秩序失控而引起的推撞而造成。最典型的例子非 1989 年 4 月 15 日上演的英國足總盃賽事，因人羣互相踐踏而導致 96 名利物浦球迷死亡的希爾斯堡球場慘劇莫屬。二是只涉及少數傷者的個別事件，主要因運動員或觀眾在比賽途中受傷，或病者本身的心腦突發病變而起。

為了保障運動場上運動員和觀眾的生命安全，世界各國在大部分重要的體育比賽現場都安排了醫療支援隊候命。如前所述，運動場上的意外涉及跨學科的廣闊醫學範疇，因而對駐場醫護人員的專業知識和快速反應能力提出了極嚴格的要求。要在醫院以外各種陌生的環境中，對所有緊急的醫療狀況均能作出迅速的反應，並給予恰當的治療，急症科醫生實在較適合擔當此重任。

賽馬日駐場醫生在閘前待命。

從多年前開始，本地舉行的重要體育盛事，如一年一度的香港國際七人欖球賽、香港羽毛球公開賽、台維斯盃網球賽、沙田和跑馬地舉行的所有賽馬競技日、奧運馬術比賽和東亞運動會等等，均有本港急症科醫生擔任駐場醫療支援隊醫官職務。熱愛運動的我曾參與了上述大部分賽事的駐場醫療支援工作，並有幸於數年前為一名世界頂級的馬來西亞羽毛球球手，在灣仔伊利沙伯體育館的賽場上治理傷勢。

急症科醫生雖然對所有危急情況都應付自如，但運動醫學畢竟是一門專門的學問，有它自身巧妙之處。不深入認識箇中玄機，不足以處理各種細節性的問題。由於運動醫學並不包括在急症科常規的訓練課程之中，所以一羣對運動有濃厚興趣的急症科醫生，自行設立了一個運動醫學小組委員會，透個自行學習並籌辦相關的訓練課程，培養更多的醫生掌握運動醫學的知識，以應付各種不同運動比賽的駐場醫療支援工作。

運動傷患各不同

比賽中運動員受傷的嚴重程度，與該運動對體能的要求和運動員肢體間碰撞的劇烈程度直接有關。例如，欖球和拳擊運動員在比賽中的受傷，較網球和羽毛球賽中的自然嚴重得多。此外，每一類運動項目中的受傷也有其獨特的規律和模式。例如，欖球比賽中頭和脖子的受傷特別多；拳擊賽中鼻骨受損流血的情況司空見慣，而我也曾被拳證邀請踏上擂台，為一名外籍拳手即時止鼻血，並對他是否適合繼續作賽提供專業意見；在足球比賽中，膝蓋受傷導致半月板（Meniscus）和十字韌帶（Cruciate ligaments）撕裂，迫使很多“馳騁沙場”的熱血男兒，帶着遺憾提早離開英雄地；馬術賽事最嚴重的受傷是被馬後腿踢着，或從馬上摔下後被馬匹踏上或壓着。馬匹龐大的身軀和雄渾的力量足以一腳致人於死地，所以在馬術賽事中駐場醫官需要格外小心，除了要救治受傷的騎士外，亦要為自身的安全，時刻留意馬匹的動向。急症科醫生在踏足比賽場地承擔駐場醫療支援工作前，必定在腦海中重溫與該項目相關的知識，確保對賽事中出現的突發意外，作出即時的專業反應。

發生在運動場上的意外，除了希爾斯堡球場慘劇那類羣體性事件外，即使是個人極為嚴重的受傷，絕大部分都是非致命性的。由於現場缺乏醫療儀器、設備、藥物和其他人員的支援，對診治造成極大的掣肘。駐場醫官一般在現場為那些較嚴重的傷者以 ATLS 原則進行搶救（參考〈創傷救治的藝術〉，頁 54），在固定了頸骨和穩定了呼吸道、呼吸和循環系統（ABC）的狀況後，便會立刻以救護車把傷者送往醫院作進一步治理，不會在現場作過多糾纏，以免錯過創傷學中"黃金一小時"的搶救最佳時機。這是院前護理（Pre-hospital care）的最高原則。

心肌梗塞的突發性

在運動場上僅佔極小部分的致命性意外多由心腦突發病變引起，當中尤以心肌梗塞（Myocardial infarction）和其他先天性的隱性心臟病較為普遍。調查顯示，35 歲以下較年輕的運動猝死病例中，大多因為先天性隱性心臟病而起。而 35 歲以上，逾 9 成運動猝死個案都是由冠心病所致。

冠心病（Ischaemic heart disease，IHD）的成因是心臟血管（Coronary arteries）通道因脂肪在內壁積聚而變窄，影響輸往心臟肌肉的血液流通。進行運動時，由於心臟血管收縮或血栓（Thrombus）完全堵塞某條心臟血管，輸往此血管下游心臟肌肉的血液便會被徹底截住，造成此部分心臟肌肉壞死，因而破壞心臟的泵血功能。這就是心肌梗塞。心肌梗塞的病人在病發前的一段時間內一般都有心絞痛（Angina）的徵狀，在病發時大都感受到胸口劇痛、呼吸困難、冒冷汗、暈眩和噁心等典型病徵。心肌梗塞的患者以中、老年男性居多，絕少發生在體格強健的年輕職業運動員身上，反而某些現場觀眾和業餘運動員才是高危一族。

心肌梗塞的死亡率很高，約四分之一的患者在送抵醫院前已不治，而且心臟肌肉一旦壞死，就永遠不能恢復正常活動功能，將會嚴重影響病人日後的健康狀況。所以在搶救此類病人時，有“時間就是心臟肌肉”之説。駐場醫官在診斷出心肌梗塞時，必須爭分奪秒地把患者送往醫院進行緊急經皮冠狀動脈氣球擴張術（Primary percutaneous coronary intervention），俗稱“通波仔”，以保存心臟肌肉的正常功能。

先天性的隱性心臟病有很多種類，較常見的有布魯格達氏症候羣（Brugada syndrome）和先天性 QT 過長症候羣（Congenital long QT syndrome）。此類心臟病平常沒有明顯病徵，難以在例行的身體檢查中發現。一旦病發，卻可迅速誘發致命的心律失常，如心室纖維顫動（Ventricular fibrillation, VF）和無脈性心室頻脈（Pulseless ventricular tachycardia, pulseless VT），死亡率極高，而且常見於年輕人身上。球員梅姆巴和摩路仙尼相信就是患有此類心臟病。

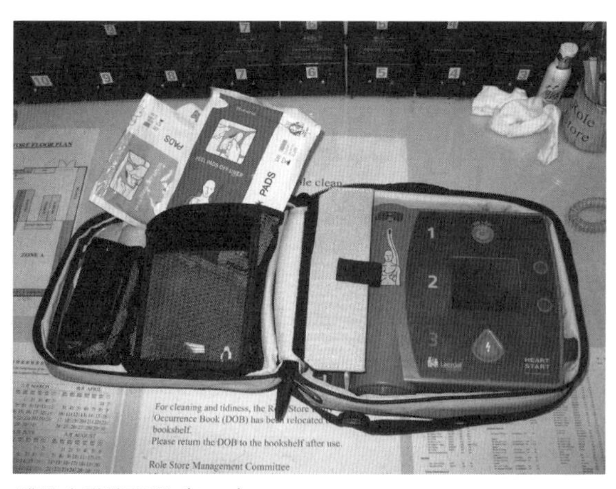

體外自動除顫器（AED）

由於心肌梗塞和先天性的隱性心臟病均會誘發致命的心律失常，所以除了一般的急救用品外，體外自動除顫器（AED）是駐場醫官必備的急救利器。醫官能透過 AED 及時辨別出心律失常的類別，並透過電擊的方式，迅速回復病者正常的心跳。

期待以後在更多的運動項目中能加入醫療支援隊駐場監察，不幸事故頻發的歷史或有可能被改寫。

海外救援行動

2008 年 5 月 12 日下午 2 時 28 分，四川省汶川縣發生黎克特制 8.0 級大地震，大半個亞洲都可以感受到猛烈的震動。萬千廣廈頃刻頓變瓦礫，眾多樂天知命的家庭瞬間分崩離析，無數對未來滿懷冀盼的生命一剎那就永遠停止了脈動。巨災過後，傷亡數字不斷快速攀升，失蹤者不計其數，暴雨連綿，餘震不斷，山體滑坡，劫後餘生者孤苦無助，哀鴻遍野……

地震翌日清晨，我在睡夢中接到一通緊急電話。對方簡潔地説明醫管局正計劃組建一支三人醫療隊，儘快趕赴災區執行人道救援任務，詢問本人是否願意加入。國難當前，當仁不讓，也顧不上危險，我便一口應允，只有把擔心的權利毫不吝惜地轉讓給家人。當天和另外兩位護士已準備就緒，隨時起程趕赴四川災區。後因當局評估災區太危險混亂，擔心醫療隊的安全而作罷。

及時的救助，精神的支援

醫管局海外醫療支援隊（HAOMST）為數約 40 名醫生、護士，我是其中一員。海外醫療支援隊成員全部來自醫管局轄下急症室，他們均為資歷豐厚的中、高級醫護人員，以每月輪班形式隨時候命。支援隊平常以醫生和護士兩人為一組，每次派遣一組執勤，聯同政府其他部門的代表前往事發地區。每組任務期限為一星期，若一星期任期屆滿而救援任務尚未完結，則由另一組隊員飛往當地輪替。本港居民若在海外遭遇羣體性的意外而需要醫療上的支援，經政府當局和醫管局進行磋商後認為事態嚴重，合符派遣海外醫療支援隊前赴當地提供協助的條件，該月擔任值勤任務的醫生和護士，便會接獲委派命令，即時放下急症室的日常工作，立刻整理個人行裝及救護設備，儘快起程履行職務。有時候，甚至要在接獲命令後數小時之內，就得趕往機場，與包括警方和入境處等其他政府部門的代表會合，進行出發前的會議，聽取事件的簡報，確立任務的分工。然後一同登上機艙，飛往遙遠而神秘的國度，聯合展開跨部門海外救援任務。

幸福從來都不是必然的。回顧海外醫療支援隊成立的歷史，只有不足十年光景。十年以前，港人在外地遭遇不測後如何自處已無從考究，但肯定不會像如今一樣得到政府方面提供的無微不至的協助。2004 年台灣九份發生導致港人 5 死 33 傷的嚴重車禍後，香港政府首次派出由醫管局轄下急症室醫護人員臨時組成的醫療隊，前赴當地協助救援受傷港人。事後檢討認為本港必須成立一個常設的海外醫療支援隊，以便日後港人在外地遭遇羣體性醫療事件時，能迅速調動合適的醫療物資，和派遣擁有豐

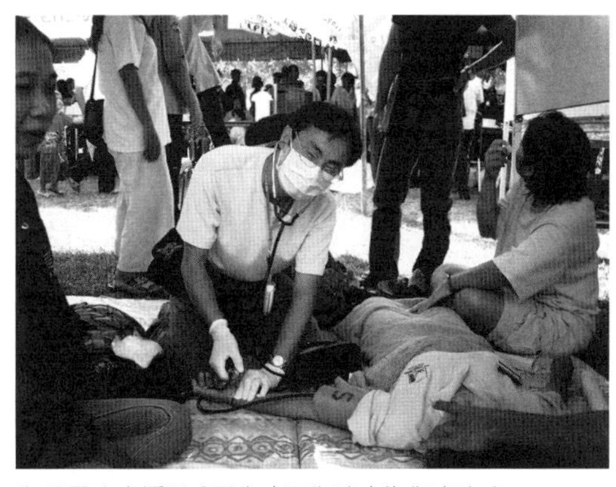

海外醫療支援隊成員在南亞海嘯中為傷者治療。

富急救經驗、能在惡劣的環境獨立完成搶救工作的隊員前往支援。經過當局周詳的考慮，最終審定急症室醫護人員為履行該職責之最佳人選。從那時起，醫管局海外醫療支援隊先後參與了 2004 年南亞海嘯、2006 年農曆新年埃及旅行團港人 14 死 30 傷的奪命車禍，以及 2010 年本港旅行團在菲律賓首都馬尼拉遭脅持屠殺後的救援工作。

及早收集意外訊息

一支來自不同部門、身懷不同專業技能的隊伍，各司其職，各展所長，在一個完全陌生的地區施展救援行動，猶如進行一場深入敵後拯救被困戰友的小型戰爭。知己知彼，百戰不殆。故三軍未動，訊息戰早已打響。出發之前，由於初始的訊息總是閉塞混亂，支援隊必須自發地嘗試透過不同的渠道，獲取儘可能充分的資料。死傷者的姓名、人數、受傷的嚴重程度、當地負責救治傷者的醫院數目和地點、死傷者家屬的聯絡電話、醫管局總部和各醫院的電話以及本港各有關政府部門的聯絡方式等等，都是極為重要的資料。越早查得一清二楚，往後的工作就越順暢利落。

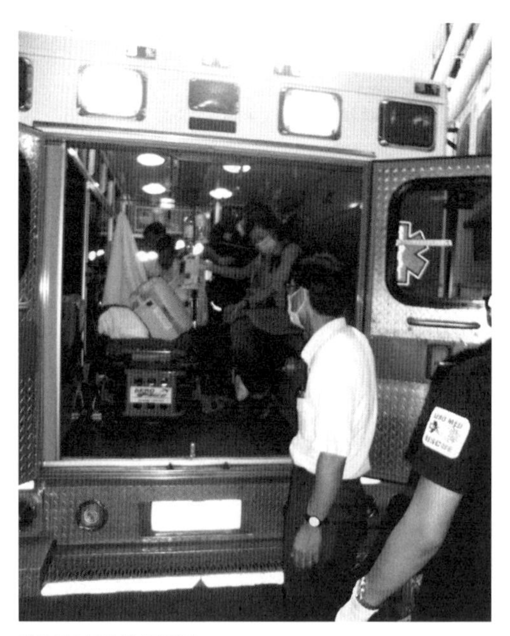

護送傷者往機場返港。

事件的早期，政府掌握的資訊也未必十分準確，旅行社就成為了一個重要的訊息來源。從肇事旅行社獲取死傷者和家屬名單，及傷者入住的醫院名單，就成了支援隊出發前其中一項要務。

隊員因沒有外地的行醫執照，所以在某些地區的醫療法例限制下，不能直接參與救治工作。即使如此，支援隊在當地的工作仍十分繁重。隊員每天要分別走訪散佈在不同醫院的傷者，給予身處異鄉、劫後身心俱創的傷者心理上的安慰和情緒上的支持。另外亦要時刻與當地的醫生和官員建立良好的溝通渠道，務求準確掌握各傷者的身體狀況。兩個社會之間綜合發展水平上的分野，決定了各自醫療水平上的差異。在互相尊重的基礎上，隊中的醫生肩負起適時向當地醫療部門指出治療上出現的問題，並提出合理診治建議的重大責任。

面對散落各方的眾多傷者，支援隊的醫生必須綜觀全局，對傷勢狀況、當地醫療水平和手上可運用的資源等因素作出通盤考慮，從而為不同的傷者制訂合適的撤離計劃，決定誰得先走，誰可再待一會。一天忙碌的工作過後，隊員均要參與跨部門的簡報會議，總結當天的工作情況和成果。除此以外，支援隊也隨時與本港相關的政府部門和醫管局人員保持密切聯絡，匯報各方面最新的消息，以滿足傳媒和家屬的查詢。

香港醫療隊成員與參與救援任務的泰國軍方直升機機組人員。

馬尼拉事件：運送傷者回港

海外醫療支援隊最近期的一次任務，可以追溯到 2010 年本港旅行團團員在馬尼拉被菲律賓魔警脅持事件。菲警拙劣的突擊行動失敗，造成八死七傷慘劇。兩支香港派出的支援小隊奉命先後踏上征途，到當地協調傷者救治和撤退事宜。當時傷勢最嚴重的當屬頭部受重創的青年梁頌學，那時他入住馬尼拉崇仰醫院。他的頭部受硬物撞擊引至頭骨碎裂，在接受當地的腦外科手術後，出現腦腫脹（Cerebral oedema）及顱內壓過高（Increased intracranial pressure）等併發症，一直昏迷不醒，危在旦夕。支援隊數度約見該院腦外科醫生商討對策而不得要領，隨後更發現病人出現由細菌感染導致的持續高燒病徵，該院之處理方式與堪稱讓人滿意的做法之間，相距着頗為寬廣的鴻溝。

設身處地了解到當地的醫療水準和人員質素後，當時派駐馬尼拉的支援隊成員認為，若梁頌學繼續留在原地治療必將難逃厄運，於是當機立斷決定儘快冒險護送命懸一線的傷者回港治理。小隊立刻與醫管局展開頻密聯絡，協調合適的腦外科部門接收傷者，並預先安排傷者抵港後儘早再度進行腦外科手術。另外，隊員們亦忙於分頭尋找適合接送傷者回港的私營醫療專機。當時傷者極度危殆，在航機上若有半點差遲，可能捱不到返抵本港。若守候在香港機場的本地傳媒發現，上機時仍然一息尚存的傷者，下機時卻變成停止了脈動的冰冷身軀，無論對政府、醫管局、還是整個社會，都將會造成一場災難。不難理解，支援隊當時作出這個決定，要承受多沉重的壓力。幸好梁頌學最終因為這個艱難但絕對正確的決定而逃出生天，現時逐漸在康復之中。

背負堅定的信念和熱誠為後盾，掌握敏鋭的思考與判斷作武器，醫管局海外醫療支援隊的工作無遠弗屆，市民無論在世界哪個角落身陷險境，我們一個都不會捨棄。

生化危機

1995 年 3 月 20 日，正值上班的繁忙時間，日本極端邪教組織奧姆真理教的狂熱份子，在該國首都東京三列地鐵車廂裏同時施放沙林神經毒氣（Sarin），引發舉世震驚的東京毒氣殺人事件，最終導致共 12 人死亡，5500 餘人受傷。

以上的經典生化襲擊事件，除了成為各國保安部門和反恐機構的主要研究案例外，亦成為了各先進國家醫療系統的重要學術研究對象。在人口稠密的大城市，如何有效治理在同一時間內出現的大量中毒傷者，給各地醫療系統提出了一項嚴峻的挑戰。有鑒於此，香港的公共醫療系統亦因應新時代的需要，而提升了處理生化襲擊的設備，並制訂了緊急的應變計劃。

本港各公立醫院急症室是首當其衝接收大量遇襲傷者的醫療部門，故理所當然地承擔起生化襲擊最主要的搶救任務。所以本地急症科醫生在受訓期內，都必須接受處理各種生物化學武器傷者的特別訓練。沙林毒氣、VX 毒氣、芥子毒氣、炭疽菌等生化武器名稱都耳熟能詳，也能應付自如。

生化意外，分區搶救

一旦爆發生化意外，警方和消防處必然是最先到達肇事現場的拯救部門。根據預先制定的跨部門應變預案，警方會因應當時諸如地形、風向和河流流向等因素，在事發中心點的若干公里半徑範圍內，設立三重安全區域，分別為熱區（Hot zone）、暖區（Warm zone）和冷區（Cold zone）。事發中心直接處於熱區（Hot zone）之內，所以最危險。拯救隊員在這區域內發現任何傷者，無論情況如何危殆，均須立刻送往毗連的暖區處理，在現場不作任何搶救。

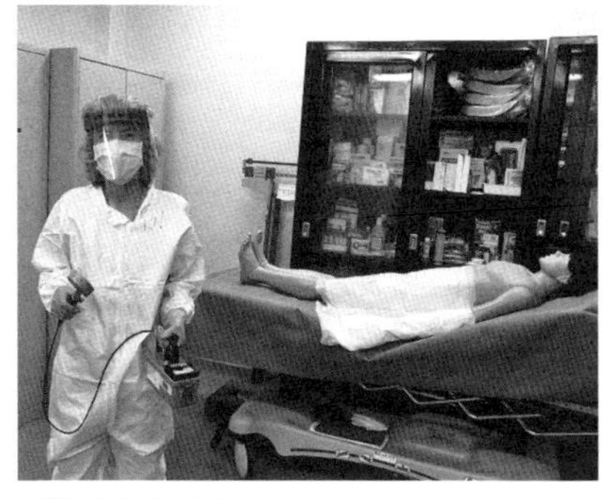

醫院的生化演習。

參考東京毒氣事件，醫學文獻指出在救治大量中毒傷者的過程中，不少在醫院裏的醫護人員亦因吸入和接觸到依附在病人衣服及身體上的沙林毒氣，而出現不同程度的中毒徵狀。因此，處理生化襲擊最首要的步驟是，為受害人清除身上的污染物（Decontamination），從而避免受害人及救援人員持續曝露在中毒的危險環境之中。有見及此，消防處會在與熱區毗鄰的暖區內快速設立大型清洗區，為從熱區救出來的傷者，在送院前進行除污作業。除污作業並沒有深奧的學問，只須要脫下所有衣服，以肥皂和清水洗擦掉可能依附在身上的有毒物

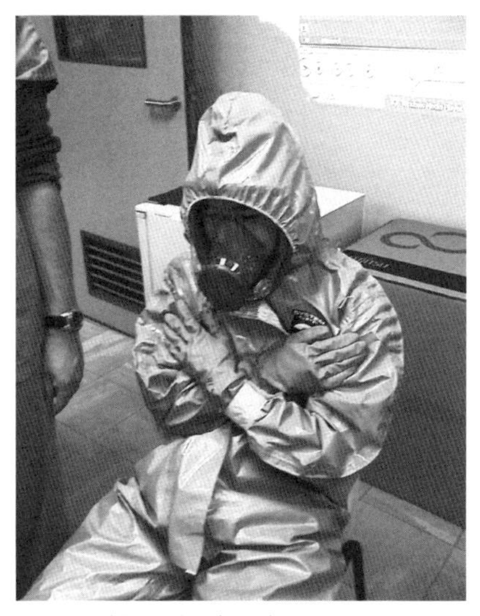

B 級個人保護裝備（PPE）

質而已。

與暖區毗連的冷區是安全區域，除污後的傷者會被安排在那兒接受急救和等候送院。一如所有大型災難事故的處理方式，接近事故現場的那所急症室因應消防處的要求，奉命派出由醫生、護士和助手組成的醫療隊趕赴案發現場，參與救援行動。醫療隊一般只留在冷區之內，最主要的工作是對眾多傷者作出現場分流（Field triage），以傷勢的嚴重程度和救活的可能性把病人分為四類，從而決定送院救治的先後次序。同時亦要肩負起為危殆傷者進行急救的任務。現場的高級醫生與消防處、醫管局總部和各區急症室時刻保持密切聯絡，協調病人送院事宜，根據各醫院的承受能力合理分配接收病人的數目。

保護裝備不可少

各大急症室在設備提升後，現已附設小型的清洗區，為未經清洗而自行前往醫院求診人士清除污染。受污染的衣物和清洗後的污水必須集中回收處理，避免對醫院及社區造成二次性污染。

只有完成了除污程序的傷者才可以進入急症室，接受穿上個人保護裝備（Personal protection equipment, PPE）的醫護人員的診治，以免仍未清除的生化毒物污染整所急症室，影響其他無辜病人。保護裝備一般包括頭套、護目鏡、口罩、保護衣、手套及保護靴，以其保護效能分為 A、B、C、D 四個級別，以事態嚴重性的評估結果，決定需要配戴的級別。保護級別最高的 A 級裝備，會在保護衣內配備過濾功能的呼吸裝置，確保醫護人員在搶救時免受空氣中的毒物傷害，因此一般只配發給直接進入熱區的救援人員。

十餘年前當我首次觀看荷里活電影《石破天驚》（*The Rock*）時，被影片中的 VX 氣體、A 級個人保護裝備的畫面和情節所震撼，尤其主角尼古拉斯・基治（Nicolas Cage）把解毒劑阿托品（Atropine）直接刺進自己心臟作注射的畫面都記憶猶新。想不到十餘年後，我卻負起了如此重責，那些震撼的畫面和情節，成為了我工作的一部分。穿上 A 級個人保護裝備拍照雖然很帥氣，但穿着時一點也不好受，動輒要花上十餘分鐘，且脫下時必定汗流浹背。

肇事生化物質的確實資料，往往在事發初期未能即時查明，但急症室醫生根據傷者中毒的臨床徵狀，亦即經常提及的中毒症候羣（Toxidromes），往往能推斷出毒理特性，繼而整合出治療方案，同時能為保安當局提供辨明有毒物質的線索。以最為人知的沙林毒氣和 VX 毒氣為例，它們都是膽鹼酯酶抑制劑（Cholinesterase inhibitors），能減慢中樞神經中其中一種神經遞質（Neurotransmitters）乙酰膽鹼（Acetylcholine）的分解，從而擾亂中樞神經的正常運作，所以被歸類為神經毒氣。

中毒後會出現典型的膽鹼激性中毒症候羣（Cholinergic toxidrome），病徵包括冒汗、嘔吐、流唾液、支氣管黏液流溢、瞳孔縮小、呼吸困難、支氣管痙攣、心跳下降、肌肉震顫、癱瘓、精神錯亂、昏迷及癲癇等等，死亡率極高。神經毒氣的致命性以 LCt_{50} 這個數值代表，是指空氣中的毒氣濃度乘以人體暴露在那個空氣濃度中的時間，而能造成一半人死亡的數值。數字越小，致命性越強。沙林毒氣的 LCt_{50} 為 100，而 VX 毒氣的 LCt_{50} 為 50，代表 VX 毒氣較沙林毒氣更具致命性。

香港的農藥中毒個案

或許大部分市民覺得生化襲擊對他們而言遙不可及，其實不然。舉一個例子，有機磷（Organophosphate）農藥中毒在香港時有所聞。它的中毒原理和徵狀與沙林毒氣如出一轍，急症室醫生就是依據上述原則為該等病人救治。2012 年 7 月某日，一名內地男子在本港高等法院外以死控訴，吞下含劇毒而在本港禁售的有機磷農藥“滴滴畏”，他送抵瑪麗醫院急症室後仍一切正常，主治醫生決定把他留在急症科專科病房觀察。我得悉事件後心知不妙，知道整所醫院只有深切治療部（ICU）才有充足的人手和設備可以處理這個病人，所以心裏早已作好準備。半小時內病人情況急劇惡化，出現膽鹼激性中毒症候羣徵狀，須要立即為其注射阿托品及其他解毒劑。接着他被送進深切治療部接受後續治療。翌日情況好轉，隔日出院。

説到這裏，我又想起了《石破天驚》。它是我最愛看的其中一部電影。旁人難以想像一部電影對一個人可以有那麼深的影響。它已融入了我的日常工作、講學教材和我的文娛生活中，以致於生化襲擊一旦到來，我也不會震驚。因為我早已準備妥當。

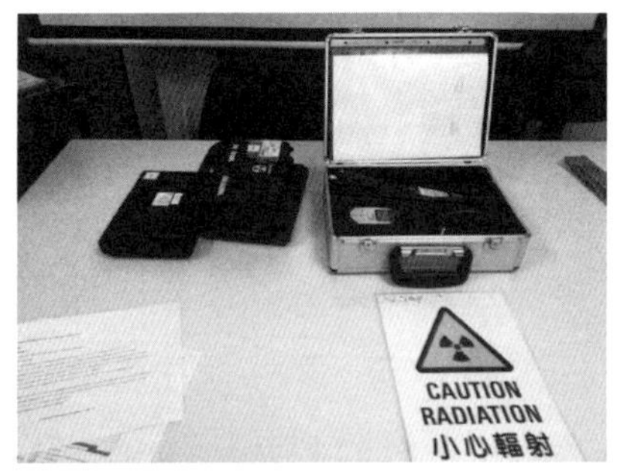

現時所有公立醫院均統一使用圖中的放射性檢測器，它能檢測出環境中的 α、β 及 γ 輻射線。

醫院的物理學家正為急症室醫護人員講解如何正確使用放射性檢測器，為核事故中的傷者檢測身體表面的放射性物質水平。

第三章

天際救亡

高凶三萬尺

一班從倫敦飛返香港的波音 747 航機內，乘客漸入夢鄉，飛機廣播中突然傳來急促的詢問，要求機上的醫護人員協助搶救一位在通道上摔倒後昏迷不醒的乘客。

病者是位廿多歲的韓籍少女，身上沒有明顯傷痕，但昏迷指數（Glasgow Coma Score）只有六分，處於嚴重昏迷狀態，且心跳也較快。除此之外，一切維生指標尚算正常。當時另外還有一位英籍血液學家和一位台灣骨科醫生上前施援，大家在知悉我的身分後，一致同意讓我當搶救小組組長。機組人員以衛星電話致電位於美國亞利桑那州鳳凰城的 MedAire 中心求助。該部門是國際其中一個最受認可的救援中心，專門為航機上發生的緊急醫療事故，透過電話提供即時的醫學建議及協助。我向對方簡潔地說明了情況，對方了解了本人的專業後，便放心地建議機組人員，依照本人的指示進行搶救。

相信看過茱迪科士打主演的電影《高凶三萬尺》（*Flightplan*）之讀者，大約可以想像到在航機上出現突發事件時會如何混亂。三位醫生蹲在機門附近的通道上搶救病人，身後站着數位機組人員從旁協助。陌生的環境、侷促的空間、顛簸的飛機、昏暗的燈光、嘈雜的背景、驚惶的乘客、短缺的醫療儀器和藥物……使救援工作舉步維艱。

昏迷不醒，難辨病況

45 分鐘後，機上的生理鹽水已告用罄，病人情況並沒有好轉。三位醫生也開始出現救治方法上的意見分歧。隨着時間過去，危機的氣氛在機艙的每個角落中瀰漫，而病人則危在旦夕。我以專業的判斷否決了兩位醫生那出於好意，但對病人可能造成嚴重潛在危險的建議，主張保守性治療和繼續觀察。

稍後，機長向我了解情況，並詢問是否需轉飛到最近的俄羅斯聖彼得堡機場降落，以便把病人送往當地醫院救治。這是一個十分艱難的決定。一方面，轉飛會擾亂所有乘客的行程，航空公司也要為乘客額外支付上百萬港元的食宿和燃油費用。另一方面，在航機上因各種原因的制約，不可能診斷出病人昏迷的正確原因。不轉飛可能導致患者病情惡化，甚至有性命危險之虞。雖然國際上有航空法例保障自願幫忙的醫護人員，但錯誤的決定畢竟也可能使志願者捲進不必要的法律訴訟，所以那位英籍醫生極力主張轉飛。

我雖然不知道病人昏迷的真正原因，但憑多年行醫經驗和當時的臨床觀察，判斷病人並沒有即時生命危險，且昏迷似乎與不正常的心理和精神狀態相關。於是堅定地回覆機長，暫時毋須轉飛，有需要時另行通知，且應允全程照顧病人。

隨後機員把少女安置在頭等客艙內休息，而我就繼續留在經濟客位。是夜客機上播放着著名意大利作曲家普契尼（Puccini）的著名歌劇《杜蘭朵公主》（*Turandot*）中的選段《公主徹夜未眠》，而那晚我亦真的徹夜難眠，兩度被機員喚醒，侍奉病人左右。翌日抵達香港，少女完全甦醒過來，向我道謝。下機時，機組人員列隊致謝。

有乘客詢問本人何以敢下此冒險決定。我說："一點也不冒險，其實當時已成竹在胸。其他專科的醫生可能只專注治理病人的局部問題，急症科的醫生則經常在極短時間內，在病歷不明、設施不足的情況下，憑藉臨床技術對病人作出準確的全面性評估，並給予相應的治療。"

資料顯示，平均每一萬至四萬名乘客人次中，就有一宗飛行中的緊急醫療事件；大約每四百萬名旅客中，便有一人在航程中於機艙內猝死。根據 2005 年本港規模最大的航空公司統計數據，在 1500 萬名旅客中，共有 2503 宗飛行中的緊急醫療情況，其中 10 次需要使用電擊方式，試圖回復病人心跳，9 次需要轉飛附近機場降落。當中死亡的最主要原因為急性心臟病及中風。飛行中的緊急醫療情況和死亡數字則呈逐漸上升趨勢。

挺身救治

以上的數字可以反映，飛行途中與健康有關的意外時有發生。從旅客的角度來說，旅程中生命安全如何獲得保障顯然是值得關注的問題。可幸的是，各航空公司的乘客資料顯示，在 85% 的長途航班上最少有一名乘客為醫生，可以提供醫療支援。然而不幸的是，在 1988 年以前，客機上的醫生乘客多數因擔心在缺乏其他醫療配套的陌生環境之下，自己見義勇為之舉最終或會導致醫療事故，而反被病人家屬控訴，故寧願對病人視而不見，甚少挺身而出協助救援。有見及此，美國於該年訂立《航空醫療援助法》，申明所有在航機上義務救助病者的醫護人員，均享有"好撒瑪利亞人"

身分。只要他們的決定和做法合乎情理，即使病者最終出現不幸結果，亦免於刑責，以鼓勵這些專業人士在危急關頭拔刀相助，並釋除其後顧之憂。

臨危的救治決定

自此以後，航機上自動請纓的醫生人數大幅攀升，但另一個問題卻隨之而來。上文提及，機艙對醫生來說是個極其惡劣的工作環境。一方面醫療用品和藥物極為短缺，各種檢測儀器付之闕如，嚴重地限制了醫生作出正確診斷和施救的能力。另一方面，無論施援者平常在他的專科領域多麼傑出高明，當遇到緊急的情況，被迫迅速作出艱難的決定，對其臨床應變和心理承受能力都必然是嚴峻的考驗。面對並非自己專業的病症時，不熟悉急症處理方法的醫生往往束手無策之餘，更會因救人心切和在沉重壓力下，犯上不必要的錯誤。

剛才的故事中，當飛機上的生理鹽水用畢後，其中一位醫生曾提議為該少女從鼻孔插入塑膠管，繼而灌水至胃部，幫助她補充水分。此想法着實不智，因為在那個環境無從得知塑膠管最終會進入了氣管還是食道。我當時清楚了解若把開水錯誤地經氣管灌進肺部，將會帶來災難性的後果，所以果斷地好言婉拒那提議。我從沒懷疑那位醫生的好意，希望為病人出一點力，但不正確的決定或會釀成無法彌補的錯誤。

《航空醫療援助法》特別申明“無傷害介入原則”（Do-no-harm principle），要求志願者在施援的過程中切勿輕率地對患者做出具傷害性的舉動。在航機上不能成功救治病人，並不視為志願者的過失，但由不合理的魯莽行為導致病人情況惡化，志願者卻可能要負上責任。面對同樣的壓力，那位英籍血液學家似乎未能準確分析和掌握少女的病情，以致信心動搖，過於保守地極力主張轉飛聖彼得堡。當時我從沒有對自己的分析有過半分動搖，所以力排眾議，否決轉飛的念頭，結果證明決定是正確的。

作出正確的決定，源自於從事急症室和飛行醫生多年累積而來的急救經驗和觸覺。上機前我已看到該名少女在機場商店瘋狂購物的情景，知道她的身體狀況極佳，在機上突然因本身的疾病昏倒的機會不大，況且她的維生指數和檢查結果大都正常。她的頭部沒有任何外傷的痕跡，頭骨破裂和腦內出血的可能性也極低。從她瘋狂購物的情況來看，我判斷她是個比較神經質的人，昏迷應與她不正常的心理和精神狀態有關，缺乏休息和輕微脫水也是相關的因素。

從這個例子可以看到，當航機上發生緊急的醫療事件，成功搶救與否並不取決於有多少名醫護人員在場，而取決於有沒有合適的拯救者。

空中醫療隊

環顧本港地勢，北為山巒所阻，餘為大洋所抱，其間諸島星羅棋佈，市區面積比例僅為少數。市民若不幸在郊野、離島或海上遇險，依靠陸路交通前往醫院求診，費時失事之餘，亦增加了病者因延醫而導致病情惡化的風險。西方發達國家十分普及的空中醫療服務，在香港這個國際大都會因此亦應運而生。

本港的空中醫療隊於 2000 年 8 月由香港政府飛行服務隊（GFS）、醫院管理局（HA）和香港急症科醫學院（HKCEM）三方聯合統籌組建而成。這是本港醫療界裏唯一一支上天能飛、下海能游、遇險能醫的精英團隊。醫療隊的工作性質主要在戶外執行醫學上的緊急救援任務，工作環境與醫院或診所大相逕庭，服務對象包括患有所有學科和各種不同嚴重程度疾病的病者，因此要求隊員擁有在不同場合快速處理各類疾病和創傷的能力。這種任務性質與急症科醫護人員日常工作的處境和反應敏捷的特質極為吻合，所以急症科的醫生護士便順理成章地成為了空中醫療隊最合適的人選。

因此醫療隊剛成立之初，所有隊員皆來自醫院管理局轄下的各所急症室。隨着時間的推移和醫療隊發展的不斷完善，其他專科的醫護人員在後來幾次的公開招募中亦開始陸續加入。現時，由 31 名飛行醫生（AMO）與 27 名飛行護士（AMNO）組成的醫療隊來自不同的專科，當中仍以來自急症專科的為大多數。隊員多在公立醫院任職，每逢休假才以輔助人員身分，在赤鱲角香港國際機場跑道末端旁邊的 GFS 總部當值候命，義務化身為空中守護者，救死扶傷。

香港政府飛行服務隊總部。

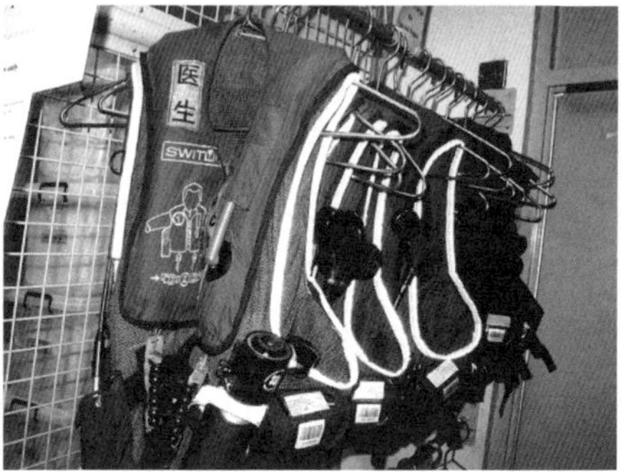

飛行醫官的標準個人裝備。

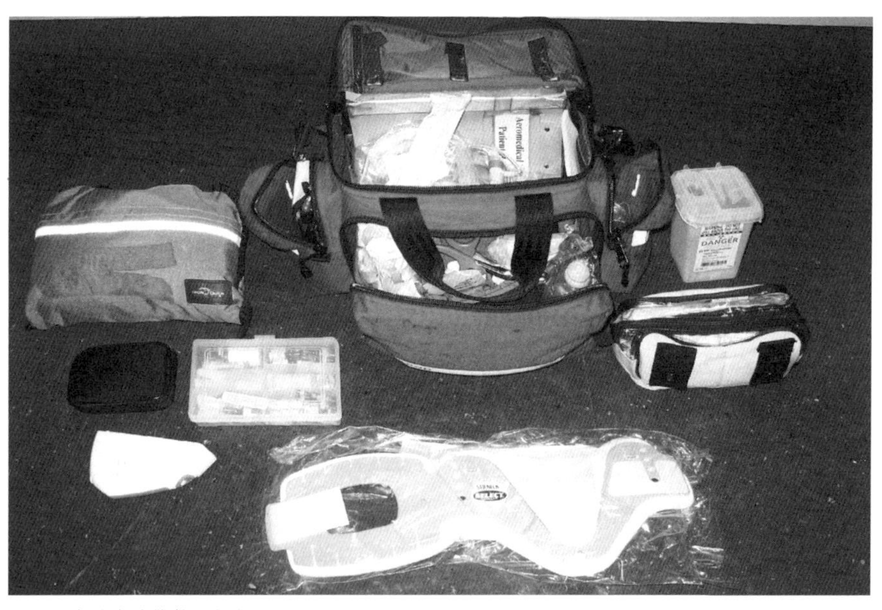

飛行醫官隨身攜帶的急救包。

資源短缺，難度倍增

在空中和野外為患者進行急救的難度跟在醫院相比，不可同日而語。單是侷促狹窄的機艙和短缺的醫療儀器用品，便足以令平常在醫院裏一些簡易的醫療程序變得舉步維艱。篩選隊員的過程極為嚴格，投考者均須考獲多項必修的專業高級急救課程證書。在招募過程中，必須接受數天關於飛行醫學和飛行安全方面的培訓課程，大部分學員亦有機會體驗人生的第一次直升機飛行。我記得在入職前的那次飛行體驗中，直升機機師故意突然高速俯衝和轉彎，讓那些承受不了强大離心力的學員知難而退。因此成功進入空中醫療隊的隊員都頭腦靈活、體格強健，可謂醫療界精英中的精英。

在野外和直升機上執行救援任務，隊員自身亦要承擔一定的危險。除了入職前的培訓，各隊員在入職後均須定期接受一系列與飛行安全及院外急救相關的模擬訓練，包括練習從直升機上以不同的懸吊方式降落在海上航行中的船舶，在水中如何正確使用各種求生設備等。其中最危險刺激的一項，乃每三年要到新加坡一次，在當地的航空訓練中心進行模擬直升機墮海後的水下逃生演習。隊員要反覆進行多次演練，熟習如何從墮進海底的模擬直升機艙內逃出，並浮上水面。透過不斷練習，每位隊員都成為身手不凡的急救多面手。

空中救護免延醫

空中醫療隊平常主要參與兩項任務。一項是空中救護服務

EC155 B1 中型多用途運輸直升機。

（Casevac），負責在直升機上，為從各離島醫院、診所轉移往市區醫院救治的病人，提供醫療支援和協助。在這種任務中，早在空中醫療隊接收該病人前，已先行被其他醫護人員救治，情況相對穩定，而且飛行醫生在上機出發前，多數已跟求助的醫療單位取得聯絡，對病人的情況比較了解，因此病人的病情在飛行過程中較容易受到控制。空中救護服務一般需時不長，路程不遠，滯空時間較短，普遍由飛行服務隊裏俗稱“海豚”的歐洲直升機公司 EC155 B1 中型多用途運輸直升機負責，小隊則多由機師、空勤主任和飛行醫生或護士等三至四名成員組成。

長洲醫院是各離島醫療機構中最大的一個單位，要求空中醫療隊轉送病者的次數亦最多。觸覺敏鋭的市民不難察覺香港政府飛行服務隊的直升機經常頻密地往返長洲，而長洲醫院旁邊沙灘末端的直升機停機坪，亦成為假日裏市民守候和捕捉直升機倩影的最佳位置。

搜索遇險者

其次是搜索與拯救任務（Search and rescue, SAR）。GFS 負責搜救的範圍遠至香港以南 700 海浬的南中國海。由於位於該區的越南和菲律賓等國沒有組建相應的空中救援單位，所以在該片廣袤的海域裏發生的任何意外，香港政府飛行服務隊在接獲求救訊息後，均須出動履行國際人道救援責任。如有必要，醫療隊隊員亦要隨行出征。顧名思義，在搜索與拯救任務中，直升機首先要根據情報飛往事發地點，在空中尋找遇險人士。然後拯救人員要伺機降落，並為遇險者進行現場即時搶救。搶救成功後隨即要設法把傷病者運回直升機，緊接着便是在返航途中施行各種監察和治療手段，以確保病人在機上的生命安全。該項任務因為飛行距離較遠、滯空時間較長和傷者人數眾多等原因，主要由負載能力更強的超級美洲豹 AS332 L2 中型多用途運輸直升機承擔，滿員的拯救隊則由正、副機師、兩名空勤主任、一名飛行醫生及一名護士共六人組成。

由於遇險人士的位置和身體狀況在出發前是難以準確估計的，使這項任務充滿不確定因素和挑戰性。飛行醫生和護士經常要冒着生命危險，在惡劣的天氣下從直升機懸吊降落各種地形，偶爾甚至要降落在怒濤中顛簸航行的巨輪甲板之上，才能為遇險者進行急救。我曾經在八號風球的狂風暴雨中，懸吊降落一艘搖擺不定的貨船甲板上，在幽暗的艙室內為一名墮下船艙、身受重傷的船員實施搶救。該名男子最終被安全送抵東區醫院救治。

現時，香港政府飛行服務隊的空中醫療隊，平均每年提供1500 次空中救護服務，及出動 600 架次左右執行搜救任務。不少市民在身陷險境之時，因從天而降的空中醫療隊得以逃出生天。一直以來，飛行服務隊都是市民心中極受歡迎的一個政府部門，其專業的服務水平亦深受國際認可。擁有亞洲首屈一指的空中醫療隊，絕對是香港的驕傲。

緊張的空中救護作業。

新紮飛行醫官

成為一名飛行員，自由自在地翱翔於碧海藍天，是我的兒時夢想，也是長大後一直渴求的願望。和其他的大男孩一樣，帥氣的制服和富紀律性的軍旅生涯多年來都令我趨之若鶩。正當我錯過了2000年投考香港政府飛行服務隊的夢魘仍在胸口隱隱作痛，2003年飛行服務隊出奇不意地作出了第二期義務飛行醫官和護士的公開招募。我狠狠地立下誓言，絕不能再錯失這次難得的機會，否則抱憾終生。世上哪有另一份工作，既可以滿足熱愛刺激和冒險的性格，又能符合我對飛行和制服部隊的迷戀，並時刻承載着醫護人員的愛心，在常人難以體會的高度盡展所長，救死扶傷？於是我在公開招募不久，便郵寄了入伍申請書。

愛與夢飛行

那次招募中全港只有六名符合資格的醫生應招飛行醫官，五名來自公立醫院的急症室，另一名是一位女性麻醉科醫生，是我在深切治療部曾共事的好朋友。由於新招聘的飛行醫官名額剛好也是六位，投考過程變成了與自己的戰鬥。不需跟別人競爭，只要成功挑戰自我的能力，專注於完成所有的篩選項目，就能達成心願了。

考核程序為期三天，包括在飛行服務隊總部大樓內上緊密的理論課程，在粉嶺警察機動部隊訓練基地泳池內進行水上訓練，及乘直升機在野外體驗飛行。學員成功完成所有受訓項目才能獲得招聘。理論課程涵蓋了空氣動力學、直升機運作原理、飛行安全守則、救生設備的原理及應用、航空生理學、院前救援原則、機載醫療儀器的運用、機內緊急狀況的實際處理技巧等各個範疇。

航空醫護新體驗

作為一名駐守在醫院內工作的醫生，在開始理論課程後才赫然發現，與直升機有關的一切實際運作固然是完全陌生的概念，對醫護工作直接相關的航空生理學原來也只是一知半解。直升機爬升得越高，空氣中的氧氣就越稀薄，患有呼吸和循環系統毛病的患者就越容易缺氧，醫官和護士必須做好一切監測和應對的準備。而且在一個密閉空間內的氣體，會隨着爬升高度的增加而膨脹，一些在地面上相對穩定的病況，如氣胸（Pneumothorax）、縱隔氣腫（Pneumomediastinum）、空氣栓塞（Air embolism）、潛水減壓病（Decompression sickness）等，在直升機正常的 1500 呎飛行高度上，便可能急劇惡化，影響病人生命安全，故必須主動通告機師降低飛行高度。另外，很多平常認為理所當然的事物，在紀律嚴明的專業隊伍裏，也有特別的知識和運用技巧。例如，如何正確使用救生衣，看似簡單，其實都有學問。救生衣必須在離開機艙後才可以充氣，否則會影響在狹窄艙室中的活動能力，大大減低乘客逃生的機會。各航空公司直到近年，才向乘客提供這方面的重要訊息。

警察機動部隊訓練基地內進行泳池訓練。

飛行訓練

在粉嶺警察機動部隊訓練基地內進行的實習，主要訓練如何在墮機後正確使用救生衣、救生艇和艇上的各種求生設備。其中的一個項目是模擬在緊急情況下，從直升機側門跳到海中，要求學員從池畔的跳水高台垂直跳進池內，並在水底為救生衣快速充氣上浮水面。我們一個接一個像傘兵一樣，毫不猶豫地往下跳，上浮後游向在遠處漂浮的救生艇，並自行爬到艇上。後來我才知道，那位麻醉科醫生朋友當時已懷有數月身孕，為了進入飛行服務隊，學員都豁出去了。自此以後，我視她為女中豪傑。

直升機野外體驗飛行最主要之目的，是考驗學員在高空作業時會否畏懼，並測試其對高速升降中產生的離心力之承受能力。學員嘗試了以不同的懸吊方式降落山野和航行中的船隻，並練習在野外使用各種求救訊號設備。在完成了所有訓練項目後，我們六人聯同其他飛行護士一起，成功進入了香港政府飛行服務隊的義務空中醫療隊。

正式成為飛行醫官並不代表已掌控全部技能，相反只是一連串系統性在職訓練的開端。隨後在相隔兩年的時間裏，每位醫療隊成員必須定期接受航空安全知識的筆試考核，並重複進行水上求生訓練，以確保隊員在危險情況下擁有安全逃生的純熟技能。水上求生訓練分泳池訓練（Pool drill）和海洋訓練（Sea drill）兩種。雖然內容大同小異，但在氣溫、水溫、風向、風速、水流、日照等自然條件完全不受控制的環境中，泡在大海載浮載沉，衡量訓練的真實感和難度，兩者的分野實在不可同日而語。經過海洋的洗禮，顯然更能提高我們訓練的質量和效果。

水底逃生

所有飛行服務隊的成員都明白，運用直升機執行救援行動本身附帶一定的風險因素，其中直升機墮海並沉入水中，不啻是各隊員心中的夢魘。為安全起見，飛行服務隊為每位行動組的隊員安排了每三年一次的直升機水下逃生訓練（Dunker training）。隊員需飛往新加坡，到專門的訓練基地進行一天的實習。上午是理論課程，下午則在模擬的直升機艙進行水下逃生演習。由淺入深，逐步增加難度，每位隊員須反覆進行六次演練。最後一次隊員須帶上塗黑了的泳鏡，以安全帶緊繫在座椅上。吊起來的模擬直升機艙快速沉

新加坡訓練基地內的模擬直升機艙。

隊員被要求在倒轉沉入水中的模擬直升機艙內完成連串規定動作，然後從側窗洞口逃逸。

入水池中，然後頭上腳下反轉過來。隊員需要在機艙停定後的十餘秒內，冒着鼻子進水的折磨，完成摸黑摘取附帶在救生衣上壓縮空氣瓶的軟管噴嘴，咬在口中呼吸，解下安全帶，推掉逃生窗玻璃，並從窗口逃逸等一連串動作。這個項目是所有訓練中最刺激的一環，深受我的喜愛。

海上繩索懸吊

除了安全訓練以外，為了提升執行拯救任務的技術和效率，醫療隊的隊員還不時接受不定期的飛行訓練。訓練主旨在於純熟掌握兩種不同的降落船艦的懸吊方式。一種是垂直懸吊（Winching），把懸降用的套環套緊在隊員腋下，待直升機飛臨船艦正上方，用鋼索垂直吊下到船上甲板即可，簡單直接。但在海上進行垂直懸降比在陸上危險。航行中的船艦隨着波浪左搖右擺，直升機與船艦的相對位置分秒在變動，再加上船隻高聳的船桅對直升機構成潛在風險，所以第二種方式——高線懸吊（High-line）便應運而生。運用這種方法，直升機可以懸停在遠離船隻正上方的位置，進行斜線懸降。懸降者手中需要緊握一條繩索以作輔助，由已降落的隊員在船上引領懸降。這方式比較複雜，要求各隊員更高的技巧和互相配合，但亦較為安全。

屈指一算，我已肩負起香港政府飛行服務隊義務飛行醫官這職務剛好 10 年之久。當年那個投考的決定是改變命運進程的一刻，生命從那一剎那起完全走上了截然不同的道路。這些年頭在雲霧間與愛和夢想一同飛行時，不經不覺所累積的知識讓我畢生受用，看到的景象比甘願停留在地上追逐眼前目標的人更遠更廣，所經歷的嚴峻處境，別人可能窮一生也未必能想像得到。雖然 10 年過去了，但至今每當飛行服務隊總部大樓內的出動警報響起，一股交織着使命和責任的感覺仍會驀然湧上心頭，和首次出勤時沒有兩樣。

加入這支成就使命和責任，愛與夢想的卓越隊伍，跨越了人生的界限，證實了自我的能力，讓我終生自豪。

海洋訓練中的高線懸吊訓練。

八號風球中的搜救

某年仲夏，八號風球高懸，天色蕭瑟陰冷，烏雲低低的壓得讓人有種憂鬱納悶的不安之感。我靜靜坐在香港政府飛行服務隊總部109號飛行醫官辦公室值勤，對迫在眉睫的危機一無所知。

廣播中突然響起短促刺耳的搜索與拯救（SAR）警號，我急不及待地跑往飛行控制室待命。飛行隊接獲消防處求助通報，一名外籍船員從一艘航行中的巨輪甲板摔到廿餘呎下的貨艙底部，身受重傷，請求緊急支援。接獲命令後，各隊員迅速整理隨身裝備，立即登上停機坪上早已被吹得渾身濕透的深灰色 AS332 L2 超級美洲豹中型救援直升機，飛往大嶼山對開肇事海面。

暴風下的墮船搶救

直升機在狂風中顛簸，迷濛的空氣中彷彿能嗅到被雨水沾濕後詭異的危險氣息。約 10 分鐘後，目標隱約出現在機首前下方。貨輪在怒濤中上下翻騰，數支高聳的船桅隨着猛烈拍打着船舷的巨浪左搖右擺，對飛行安全構成莫大威脅。機長沉着地緊握控制桿，一面操縱着身軀龐大的超級美洲豹，穩定地在貨輪上空盤旋，一面籌劃着接近貨輪的最佳方案。不消一會，他透過對話器向機組人員簡明匯報了計劃。說時遲，那時快，直升機輕微的一抖，開始從後方靠近貨輪。空勤主任從打開的主艙門往外探身，緊盯着下方船上的情況，以頭盔上的對話器不斷向機長匯報距離和高度等重要資料，從容不迫地引領超級美洲豹平穩的懸停在後甲板上空的十來米。然後，絞車手把豎起的拇指向下一指，示意拯救隊員準備懸降。

飛行醫官和飛行護士出發前在任務行動倉庫佩戴個人裝備。

超級美洲豹中型多用途運輸直升機。

隊員們逐一解開安全帶，從座位慢慢往敞開的機門靠攏。紛飛的雨點混着直升機發動機散發出的熱空氣，順着疾風狂亂地捲進機艙，直撲露出在頭盔下的面頰。縱有護目鏡保護，眼前仍一片朦朧。絞車手動作嫻熟地把懸降用的套環繞過隊員頭頂往下套，牢牢地環繞在腋下和胸前的位置。待一切就緒，隊員逐一跨出機艙，身懸半空。絞車手洗練地操作着絞盤，把三名隊員魚貫地懸吊降落貨船的後甲板。我跟隨着空勤主任第二個踏出艙門，懸吊着艦。此時，直升機的旋翼距離那搖擺的船桅最近處只有兩、三米，旋翼造成的强烈下行渦流牽起甲板上的碎木雜物，隨風激揚，為這個驚心動魄的救援行動佈置了一道波瀾壯闊的場景。

着艦後，我、飛行護士和空勤主任三人在船員的引領下，提着沉重的急救袋走過既迂迴曲折又狹窄昏暗的通道，終於來到貨艙底部的傷者身旁。那名 30 餘歲的外籍船員平躺在地上，斷斷續續地發出低聲的哀鳴。在他的 10 餘呎之上是一個碩大艙口，空洞的艙口上只看到黑壓壓的烏雲。

爭秒的創傷救治

多年的空中救護經驗驅使我們互有默契地迅速進入作戰崗位，各司其職展開現場急救。我蹲到傷者身旁，摘下頭盔，先為他戴上護頸套固定脖子，然後一面系統性地為他檢查傷勢，一面向其查詢意外經過，了解詳情以決定救治方案。病人仍然清醒，能正常對答，氣道暢通無阻。我以聽筒為他檢查胸部，呼吸系統沒有明顯創傷。接着檢查脈搏，仍然強勁有力，頻率正常，暫時沒有休克現象。跟着對腹部和盆骨展開評估。腹部平軟，沒有腫脹和痛楚感，盆骨穩固，無壓痛跡象。臨床判斷腹腔內沒有嚴重出血，也沒有不穩定的盆骨骨折。病人四肢可自由活動，脊髓神經無顯著受損。

飛行護士在另一邊忙着為傷者戴上氧氣罩輸氧、量血壓、檢測血氧含量，並為其建立血管通道，進行輸液作業。空勤主任正展開折疊式擔架，為傷者的最終撤離作準備。經詳細檢查，傷者身上被發現多處骨折，但維生指數正常，並無即時生命危險。我以護托為其固定手和腿的骨折部位，以免因移動而引致病情惡化。隨後透過血管通道，為他注射嗎啡以紓緩痛楚。接下來要考慮的是制訂傷者撤離的方案。

由於現場各項客觀原因的制約，撤離方案的選項受到諸多限制。首先，傷者腿部骨折，不能自由行走。貨船內部的舷梯通道曲折狹窄，以擔架運送傷員先到甲板，再行登機的方法也註定徒勞無功。在躊躇之間，空勤主任通過手提通話器與一直在上空低速盤旋的機長保持密切聯絡，商討解決方案。最後決定先由空勤主任護送牢固地繫在擔架牀上的傷者，一起直接從艙底懸吊到機上。然後，我和飛行護士提着其他救援設備自行返回後甲板，從那兒逐一進行懸吊，登上直升機。

垂直懸吊爬升

我們心裏都清楚知道，在暴風中直接以懸吊方式把兩人同時從船艙底部拉上直升機，懸吊用的鋼索要比剛才降落甲板時長廿多呎，意味着行動本身有極高的風險。只需有簡單的物理學知識便知道，鋼索越長，搖擺的幅度就越大，加上風力的因素，空勤主任和傷者在上升的過程中，很容易因鋼索搖擺而撞到艙壁發生意外。另外，直升機在懸吊作業中也有碰上那些隨風搖曳的船桅之虞。所以這個行動要求機長施展高超的駕駛技巧，穩住直升機，而且對空勤主任和絞車手之間的協同能力也是一大考驗。

高速旋轉的機翼造成的下行渦流，迫使我們蹲下來以免摔倒，但我仍抵着那股撲面的熱空氣，透過護目鏡半瞇着眼向上望，目送空勤主任和傷者驀然騰空而起，飛升似的穿越船艙上方的洞口，有驚無險地返回直升機。我深深呼了一口氣，放下壓在心頭的巨石，跟身旁的飛行護士説了一聲：“該撤了。”便拿起那沉重的急救袋往回走。

數分鐘後，我們已重返超級美洲豹，隨即直奔東區醫院。在降落東區醫院主大樓頂層直升機停機坪前的短短十多分鐘航程中，我和飛行護士一直沒有閒着，不斷運用設置在直升機上的醫療設備監察傷者的血壓、心跳、血氧等狀況，並因應其數據作出適當處理。直到乘坐專用電梯把病人從停機坪護送到地面的急症室，將搶救工作轉交給當值的醫生，我們方能真正地鬆一口氣。

香港政府飛行服務隊空中醫療隊的義務飛行醫官和飛行護士，一直與飛行隊中的全職士官保持着緊密合作，本着“把急症室帶到病人身旁”的宗旨，從週五至週一及所有公眾假期的日子，從早上9時半到下午6點半的值勤期間，不論天氣狀況如何惡劣，意外地點多麼遙遠，肇事現場何等險峻難走都緊守崗位，隨時候命。一聲令下，均以病人的安危為先，義無反顧。謹向香港政府飛行服務隊所有同袍致敬！

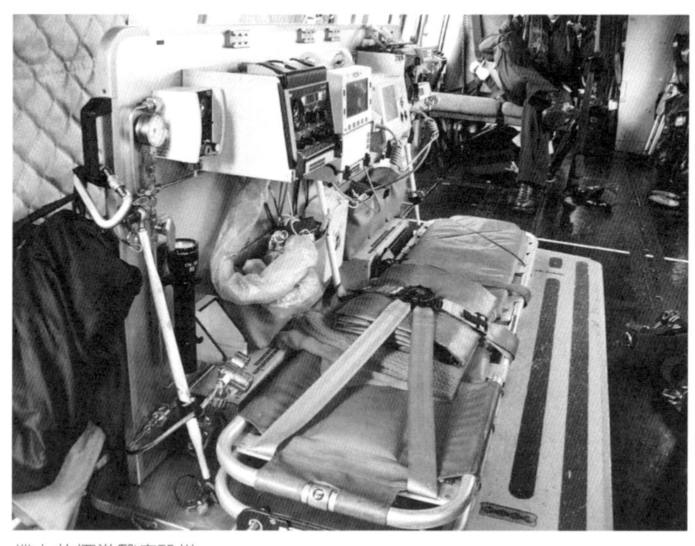

機上的標準醫療設備。

起死回生的奇蹟

兩台馬力強勁的渦輪軸引擎，讓超級美洲豹在震耳欲聾的轟鳴聲中平穩地緊急升空，逕直飛往西貢深涌村肇事現場。

直升機甫離地，我便急不及待地遞上寫滿搶救大綱的字條，給坐在身旁的飛行護士，並透過頭盔上的通話器跟他簡述這次搜救行動（Search and rescure）的救護重點及分工。

"預備三支 Adrenaline（腎上腺素）和一支 Atropine（阿托品），我負責建立氣道，你負責建立靜脈注射管道……"

星期六的中午，政府飛行服務隊接獲警方求助通報，一名男子疑因酒後踏單車墮溪，被過路的村民救起後昏迷不醒。收到這種情報，我心知不妙，於是急步奔往行動任務倉庫，提取執勤裝備，並本能地開始分析起傷者身上可能存在的每一種潛在的危急狀況：摔下溪澗時引致頭頸創傷、遇溺後肺部因吸入大量溪水導致窒息、窒息後引起心肺功能停頓、心肺功能停頓後造成大腦缺氧……各種可能性一一浮現在眼前。在整個飛行途中，我不斷在腦海中模擬搶救流程，並且制訂各種後備的替補預案，為迫在眉睫的硬仗作好思想上的準備。

臉發紫，口吐沫

直升機在肇事現場上空搜索傷者。

直升機在空中呼嘯着劃出一道直線，不到 10 分鐘便飛抵肇事地點。從空中俯瞰，傷者墮溪的準確位置在一塊空曠的黃泥地和一片翠綠的草坪之間，草坪不遠處是一片茂密的樹林，地點偏遠，自絕於煩囂之外，陸路救援極為困難。駕駛員在空中輕易地發現了目標，並在空勤員的指引下洗練地降落在距離適中的草坪上。拯救隊如箭在弦，當直升機的側門一打開，旋翼還沒有完全停下，大家即如脱韁之馬般攜着醫療設備下機，直奔傷者。傷者當時側臥在溪畔的草地上，前額有瘀傷，口吐白沫，全身發紫，已全無生命跡象。飛行護士敏捷地把體外自動除顫器（AED）的感應器穩固地黏附在傷者的胸口，顯示屏上赫然出現最壞的情況，心電圖反應呈一直線，表示傷者已心搏停止（Asystole）。

各隊員依計劃各就各位，瞬間展開搶救。鑒於傷者可能頸骨骨折，所以先由飛行護士固定他的脖子，然後由我為他插入氣管導管（Endotracheal tube），以保持氣道暢通及幫助呼吸，並隨即為其戴上頸項護托（Neck collar）保護頸骨。與此同時，空勤員已為傷者施展心肺復甦法（CPR），飛行護士亦成功取得血管通道。在注射藥物及維持不間斷的心外壓數分鐘後，傷者奇蹟般地生還，回復心跳和脈搏。眾人於是合力把他用擔架抬走，穿越草坪，運回直升機，全速飛往港島東區醫院。傷者在急症室經初步治理，證實兩節頸骨碎裂，最後成功轉送深切治療部作徹底治療。

日常工作中，經驗豐富的急症科醫生，即使還未與病人碰面，往往單憑救護車工作人員透過電話匯報的受傷機制（Mechanism of injury），就需以邏輯思維推斷患者所有的潛在問題，從而預先制訂搶救計劃，藉此提升臨床工作效率，大幅縮短救治時間，顯著增强傷者生存機會。這種能力對於政府飛行服務隊的搜救工作尤為重要，也是飛行醫療隊成員大部分由急症科醫生組成的主要原因。搜救任務一般在野外進行，無論是參與搶救的人員、醫療儀器和藥物都極為匱乏，跟醫院相比簡直是天淵之別。如果缺乏在急症醫學知識及經驗層面上累積的前瞻性，未能預早制訂合適的應變計劃，實難在完全失去其他支援的情況下，對傷病者快速開展具針對性的救治工作。平常當接到其他部門的通報，請求實施搜救行動時，飛行醫生必定要求對方提供傷者受傷的詳盡資料，以便及早制訂搶救計劃。

是次搜救行動的內容，是一宗涉及骨科、腦外科和內科的跨學科複雜病例。病人一如當初所料，因墮溪而致頸骨骨折及頭部受傷。估計由於頭部觸及河牀底部引起即時昏迷，或破裂的頸骨壓着脊髓中樞神經，而喪失四肢活動能力，致使傷者遇溺窒息，並最終導致心肺功能停頓（Cardiopulmonary arrest），進入死亡狀態。對於頸骨骨折和頭部創傷，除了以頸項護托保護頸椎，避免頸骨移位擠壓脊髓中樞神經外，在現場可做的其實不多，而且這方法不能挽救性命。所以當天整個拯救的重點便聚焦於快速回復傷者心跳。

心肺停頓的瞬間

心肺功能停頓的臨床表現為完全喪失心跳、脈搏、呼吸和意識，等同於失去了所有的生命跡象，與死亡狀況無異。心肺功能停頓雖是極其危殆的狀態，若能及時發覺並儘早搶救，仍有機會救活。事實上，不少心肺功能曾經停頓的病人，經搶救後是能夠完好無缺地存活。相反，一旦耽擱了救護工作，死亡率便極高。即使能救活，病者也會因短短數分鐘的腦部缺氧，而出現如中風或成為植物人等永久性的中樞神經後遺症。所以救治心肺功能停頓最重要的成功因素，取決於展開搶救和病人回復心跳的時間。

心肺功能停頓反映在心電圖學上，可分為三種不同的模式。這三種心電圖模式皆可透過體外自動除顫器的顯示屏和普通心電圖儀器呈現出來。

第一種情況是心室纖維顫動（Ventricular fibrillation, VF）和無脈性心室頻脈（Pulseless ventricular tachycardia, Pulseless VT），在心電圖上顯示出既寬闊又急促的大波浪型顫動或規律性圖案。這種情況普遍存在於心肺功能停頓中的早期階段，也是救治的存活率最高的模式。只須儘快以體外自動除顫器對病人施以電擊療法，救治成功率頗高。現在本港如機場和商場等大型公共設施，均已陸續設置體外自動除顫器，目的是幫助及早檢定心肺功能停頓者的心電圖模式。如果心肺功能停頓由心室纖維顫動或無脈性心室頻脈引起，便可使用同一部裝置，以電擊方式回復病者正常心跳。

第二是無脈性心電流活動（Pulseless electric activity, PEA），心電圖特點為介乎於其他兩種模式以外的任何圖形，存活率亦介乎兩者之間。

最後一種模式為心搏停止（Asystole），乃是前兩者持續惡化後的最終形態，在心電圖上僅顯示為一條直線，心臟已完全喪失任何活動能力。一般來說，心搏停止的救治成功率極低，院外能成功回復心跳的機會絕無僅有。而在第二、三種情況中，採取電擊方式也無濟於事。

除電擊方式外，本地醫護人員都是根據美國心臟協會的《高級心臟支援術》（ACLS）教程指引，為心肺功能停頓病者進行系統性急救。當確定患者已沒有生命跡象後，醫護人員會立即為其施行心肺復甦法（CPR）搶救。心肺復甦法以提供持續而高質量的心外壓為最主要目標，要求每分鐘最少為患者按壓胸腔 100 次，每次把胸腔下壓至少 5 厘米，以確保通往腦部和心臟等重要器官的基本血液流通量。緊接着的步驟是為病者插入氣管導管，以保持氣道暢通及提供呼吸支援。藥物方面，以腎上腺素最為重要。它能促使心臟快速且猛烈地跳動，一般以每 3 至 5 分鐘作一次循環性的靜脈注射。

回航途中，夾雜着悶熱空氣和汗水味道的機艙裏，溢滿了隊員興奮和自豪的笑聲。是次院外心搏停止拯救行動的成功，有賴六位隊員超卓的專業表現、良好的合作精神及永不放棄的嚴謹態度，當然還有那架可靠的超級美洲豹直升機！

高空的心外壓

直升機在 15 分鐘前已降落，空勤主任、飛行護士和我下機後，把擔架牀和急救袋放在通往直升機坪入口的通道上，焦急地等候。三人投向長洲醫院那座古色古香的三層高英國維多利亞式建築物的目光，從一開始就沒有挪開一秒。

時值深秋季節，涼風吹拂，在海面上揚起白色的浪花，正午的金黃色陽光灑滿海邊的堤岸。停機坪坐落在長洲東堤路的南面盡頭，位於島上最具規模的華威酒店側前方的岸邊，圓型的一片漆着“H”字的水泥地孤零零地伸到海中。假日裏的遊人，在直升機緩緩降落的一刻起，抵着強烈和微燙的下行渦流，聚集在停機坪外舉着相機拍照。這對於香港政府飛行服務隊的機組人員來説已不是甚麼新鮮事。

約半小時前飛行服務隊收到長洲醫院的電話，要求提供空中救護服務（Casevac），把一名心臟停頓後搶救過來的老婦轉送設備較完善的市區醫院。我在電話中向長洲醫院的護士了解情況，老婦被救活後仍昏迷不醒，需以呼吸機維持呼吸，亦需要增强心臟活動能力的藥物，維持正常血壓。由於病人情況危殆，我向護士提出了一些救治上的重點建議後，隨即奔向停機坪上那架安放了救護設備的 EC155 B1 海豚直升機。

過了很久病人還沒有到來，讓我腦中泛起一絲不祥預感，心裏盤算着各種最壞的可能。正向空勤主任和飛行護士提出直接走進長洲醫院參與搶救的建議時，島上那輛具標誌性的、矮窄的紅色救護車拐過長洲醫院旁的窄巷，徐徐地向我們駛過來。

長洲具標誌性的紅色小型救護車。

昏迷的老婦

車停在直升機坪入口前，救護員把老婦抬下車，移到我們的擔架牀上。我摘下頭盔，向陪同的護士詢問了最新的狀況，查看了病歷記錄，隨即為病人快速地評估了各項維生指數。病人仍然昏迷，口中插着呼吸管，腕上的脈搏仍然明顯。在確定了呼吸機和其他醫療儀器都運作良好後，我們把病人抬上直升機，把擔架牀穩固在機艙的地板上。為病人重新連接上機上的監察儀器後，便和飛行護士馬上坐回面向病人的坐椅，扣上安全帶，把頭盔上的對話器電線接駁上機上的插座，向機師簡潔地匯報了情況，建議直飛東區醫院。

直升機垂直地往上躍升，在空中懸停了一刻，機首突然向下一沉，急促地向前直飛，把下方仍舉機攝影的遊人遠遠地拋在身後。當機身穩定下來後，我們又急不及待解下安全帶，蹲着圍到病人身旁，查看監察儀器上的各種數據，一切尚算穩定。飛行中的噪音十分大，而且機艙狹小，不少醫院中的診斷方式在直升機上都不能派上用場，只能根據血壓、心跳頻率、血氧飽和度和心臟監測儀上的掃描圖形評估病人的實時情況。

鬆開安全帶

在整個飛行過程中，起飛和降落對於機上的乘客是最危險的時刻，必須繫緊安全帶。當機師透過通話器表示快將降落時，各人都返回了座位。在我繫上安全帶的一瞬間，察覺到心臟監測儀上的掃描圖形顯示心跳頻率突然驟降。我顧不上安全條例，立刻鬆開了安全帶，一下子躍回擔架牀邊，飛行護士隨後也撲來。我一隻手按着病人的頸動脈（Carotid artery），另一隻手按着老婦手腕的橈動脈（Radial artery），證實兩處都已經失去了脈搏。綜合臨床檢查的結果和心電圖的圖像判斷，這是一起無脈性心電流活動（Pulseless electric activity, PEA）。我隨即一面為老婦展開心外壓（CPR），一面向通話器高呼："一針 Adrenaline（腎上腺素）！"

當海豚直升機降落在東區醫院頂層停機坪，負責接收病人的急症室醫護人員推着病牀到達機門邊緣，頓時被這意想不到的景象嚇了一跳。我們一面做着心外壓，一面艱難地把病人移到機外的病牀上。接着，我們相繼跳下機，一同護送病人乘坐升降機趕往地面的急症室。在進入急救室前，病人已回復心跳。是次空中救護任務於是以成功完滿告終。

空中救護服務是香港政府飛行服務隊空中醫療隊日常負責的兩項主要任務之一，同時也是出勤次數較多的一項，約為搜索與拯救任務（SAR）數目的三倍。這項任務的主要內容，是把病情較重的病人由醫療設施相對簡陋的各離島醫院、診所，轉移往市區治療條件較佳的醫院作進一步治理，要求空中醫療隊在轉移途中保障病人的生命安全。這項任務與搜救行動最明顯的不同之處，在於空中醫療隊在接觸病人之前，病人已接受過其他專業醫護人員的初步診治，因此病歷比較完整，對病情的掌握比較透徹，病人的各項生理指標也比從未接受過任何治療的搜救行動中的傷者較為穩定，而病人身處的地理環境也較安全，所以挑戰性和難度相對較低。上述行動中的驚險場面實屬罕有，只是多年一遇的緊張經歷而已。

空中救護服務的服務對象包括長洲醫院，位於大嶼山、南丫島和坪洲上的所有政府普通科門診診所，以及附設於各離島懲教所內的小型醫院。當中，長洲醫院是各離島中規模最大的一所醫療機構，服務的病人也最多，所以亦理所當然地成為空中救護服務的最大客戶。超過一半的空中救護服務個案是與長洲醫院有關的。市民平常可以看到飛行服務隊的直升機頻密地往返市區與長洲之間，並經常在停機坪上見到飛行服務隊員的身影。

空中救護的分級制

從有效運用資源的角度出發，空中救護服務設立了客觀的病人分級機制，以病情的嚴重性把病人分為 A+、A 及 B 三級，由要求該服務的醫療機構作出分類。A+ 級代表病人生命或肢體受到即時威脅，呈現不穩定的生命表徵，須即時處理。直升機一般會把病人直接送往東區醫院。A 級表示病人的生命受到潛在性威脅，呈現邊緣性的生命表徵。直升機一般會把病人送往位於灣仔金紫荊廣場附近海旁的停機坪，再由救護車送往目標醫院。飛行服務隊對此兩類病人作出服務承諾，不論晝夜，在離島醫療機構提出請求 20 分鐘內，到達該機構附近的指定停機坪。最後一類 B 級病人，泛指那些擁有穩定的生命表徵，但其病情有機會惡化者。主降落地點也是灣仔停機坪。由於病情並不嚴重，飛行服務隊在晚上 10 時至早上 7 時之間並不向此類病人提供空中救護服務。其他時間亦有權推卻此項服務，建議病人經海路前往市區醫院。飛行醫生和護士在執行任務過程中，可以因應病人的臨床情況而自行修正分級類別，從而更改飛行路線。

本港地域狹小，而且空中救護服務一般需時不長，所以一般由較小型的 EC155 B1 海豚直升機執行。由於機艙空間和座位有限，小隊通常只由機師、空勤主任、飛行醫生或護士等三至四名成員組成。醫生和護士很多時候只能分開，由其中一人執勤，另一人則留守總部。

有了空中救護服務，解決了以往離島居民在遭遇緊急醫療狀況時求醫難的困局，生命安全也因為有了傑出的飛行服務隊員和快捷的空中交通工具而得到保障。

野外活動的意外

近年來與戶外活動有關的嚴重意外頻生，只需簡單地盤算一下，就能輕易地記起不少人間悲劇。單在 2012 年，便發生了數宗致命的意外，繼有 7 月 6 日，一名男子於大埔遠足時失足墮下石澗受傷，半身癱瘓；7 月 10 日，兩名友人在粉嶺石澗嬉水時遇溺身亡；7 月 12 日，一名男子在西貢浮潛時遭快艇高速撞擊頭部，被直升機送院後傷重死亡；11 月 11 日，一名 40 歲女子與友人在馬鞍山牛烏石澗遠足，沿岩石攀行時，疑因閃避從山上滾下的碎石失足墮下，後腦受重創即時昏迷，經飛行服務隊直升機送院搶救後終告不治。

身為飛行服務隊飛行醫官，每當電視新聞節目發佈野外活動人士遇險的報道，或出現飛行服務隊直升機出動營救傷者的畫面，不論身處甚麼場合，我必定立即停止所有活動，希望了解事情的進展情況，並在心中為正在施展搜救活動的 GFS 同袍打氣，暗暗祝禱隊員和傷者都能安全而回。

緊張的紅燈

每當接到警方或消防處要求協助拯救郊外遇險人士的電話通

告，在話筒放下的那一刻，政府飛行服務隊飛行控制中心大門正上方的電子信號板，就會亮起醒目的 SAR 紅色信號燈。極具節奏感的短促警笛聲隨之響起，穿過平常寂靜的走廊和大廳，進入每間辦公室，催促每位值勤的行動組組員立刻前往飛行控制中心報到。10 年來，我對這種意味着危險和不安的警笛聲早已耳熟能詳，即使不抬頭看一下電子信號板，也能分辨出它代表的任務性質。

原來只有一、兩個航空管制員的飛行控制中心，一瞬間擠滿了各級直升機機師、空勤主任、飛行醫官和飛行護士，聽取航空管制員的匯報。管制員同時把重要的資料都記錄在任務簡介，包括遇險者人數、年齡、肇事地點和受傷情況等等，以供拯救隊員參考。

在飛行醫官參與的兩項任務中，搜索與拯救（SAR）和空中救護服務（Casevac）的工作性質大相逕庭。搜索與拯救行動中，飛行服務隊往往是首先到達意外現場的救援隊伍，由於在接觸遇險者前對其傷勢及現場環境所知甚少，再加上天氣和地勢等變數，為任務平添了眾多的不確定因素，危險性和挑戰性也因而提高。所以每當搜救行動出發前，機組人員都必定站在掛於飛行控制中心牆壁上的巨幅香港地圖前，研判肇事地點的地形，鑒明附近對飛行及降落具有危險性的建築物，以預先做好直升機進場的準備。日落日出時間、月出時間、能見度、風向和雲層位置等天氣狀況，也是登機前必須掌握的重要資料。根據通報中所獲得關於傷者受傷機制和事後身體狀況的零碎資料，飛行醫官和飛行護士在出發前亦會對傷者可能受到的各種創傷進行分析，從而預先制訂現場搶救方案，並針對性地準備所需的醫療設備和藥物。

山野失足墮坡

2005 年，在加入飛行服務隊一年多後，迎來了人生首個重要的搜索與拯救任務。當天上午 11 時左右，熟悉的急促警笛聲突然響徹總部大樓。飛行服務隊接獲通報，一名參加香港青年獎勵計劃的 16 歲少年，由導師帶領下到西貢郊野公園遠足，行至鹿湖亭附近時失足墮下山坡，頭部受傷。經過短暫的磋商研判後，執行搜救任務的六名隊員魚貫步進任務行動倉庫（Operation role store），

在直升機上發現傷者位置。

抵達現場，開始拯救行動。

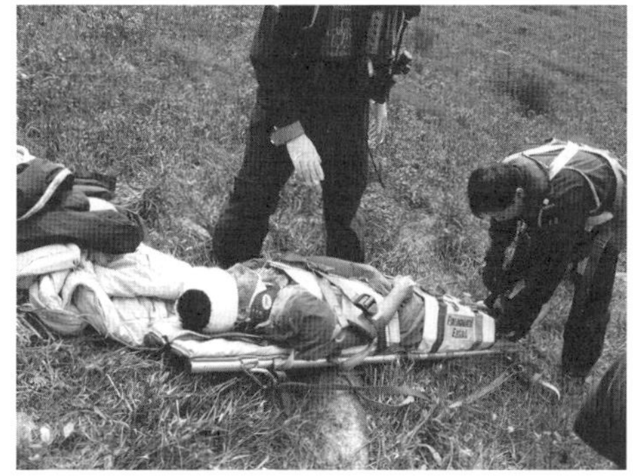

準備帶傷者撤離現場。

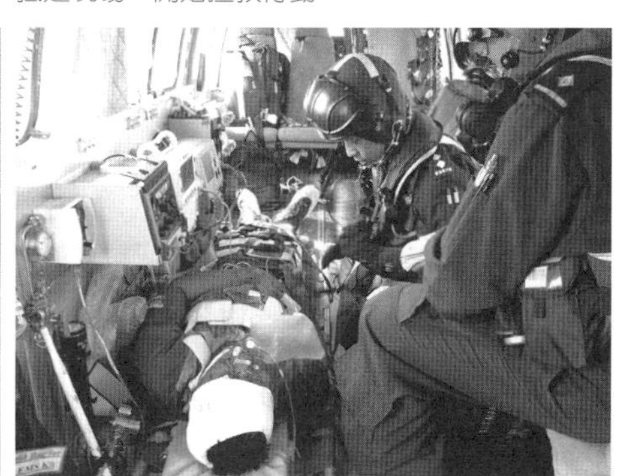

機上監護。

穿戴整齊救生衣和頭盔後，提取各自的救援裝備，立刻登上守候在停機坪上的超級美洲豹運輸直升機，直飛西貢郊野公園。

由於香港地域狹小，在本港境內進行的搜救行動，飛行時間一般不超過 15 分鐘。直升機在週六正午風光綺麗的郊野公園上空盤旋搜索，空勤主任從打開的側門探頭張望，很快就找到了躺在半山上的傷者及其同伴。機師把超級美洲豹穩定地降落在離傷者約 300 米遠的一片平坦空地上。旋翼剛停下，各隊員便提着擔架牀和沉甸甸的急救袋，飛快地走過曲折的山野小徑，直奔傷者。

少年頭上腿下地躺於山腰的草叢，前額劃破了一道長約 10 厘米的傷痕，血流如注。雖然沒有即時生命危險，但惶恐之下，少年只顧着低聲呻吟，而答不上半句。救援隊極有默契地分頭行事，我首先為他戴上護頸套，以防頸椎脊髓神經因移動而受損，然後依照美國外科學會的 ATLS 創傷急救指引快速地對傷者進行評估。飛行護士則嫻熟地為他建立血管通道，而空勤主任則在一邊打開折疊式擔架牀，為撤退作準備。

評估完成後，少年所有維生指標都正常，只是頭部的皮外傷比較嚴重，頭骨和頸椎骨折的可能性雖然不能在現場即時排除，但機會率並不太高，顱內出血的機會則更低，其他身體部分嚴重受傷的可能性基本排除。我根據臨床的判斷，在清洗了傷口後為他用紗布和繃帶把頭部包紮起來，並注射了鎮痛劑。接下來的工作就是把傷者運回直升機。那段三百米崎嶇不平的山路對我們三個救援人員來說，也真夠吃力。幸好少年有很多同伴，我們就不客氣地要求他們幫忙。但最終我們在那個冬日午後把傷者抬上直升機時，制服也濕了一大片。

自那個人生第一次的野外救援事件起，每逢天朗氣清的週末和公眾假期，大批市民爭相外出進行野外活動時，我必定為此起彼落的搜救行動疲於奔命，於各個郊野公園和海岸線上空忙得不可開交。這些年來，不管嚴夏或寒冬，狂風或暴雨，香港政府飛行服務隊飛行醫官和護士的足跡，遍佈叢林、山嶺、溪澗、沙灘、岩岸，甚至陡峭的懸崖，為拯救生命而捨死忘生。

可避免的意外

野外活動的意外是政府飛行服務隊搜救任務的重要部分。由於夏日裏參與戶外活動的人數激增，意外傷亡的數字自然較其他季節上升，而且主要集中在週六、週日和公眾假期，在這些日子，直升機出勤的次數也較多。據統計，直升機參與搜救的個案中，輕則為暈眩、肌肉抽搐、脱水、疲累、肢體受傷或在山野間迷途等，重則為中暑、遇溺、墮崖、昏迷和心臟病發等。

總結過往經驗，大部分的傷亡事故都是可以避免的。出發前做好各種準備是最基本、亦是最重要的一步。檢查天氣資料，帶備足夠的乾糧和食水，配帶適合野外活動的衣履裝備，地圖、電話一應俱全，足以增加生存的機會。另外，必須根據自身的能力和經驗決定活動方式。在大自然力量的面前，人要學懂謙遜，適可而止，千萬不能抱逞强的心態。本人曾搜救過數名在嬉水時遭遇沒頂之災的不諳水性人士，實在唏噓不已。

最後，建議郊遊人士穿着顏色鮮艷的外衣，有助被救援者發現。當直升機飛臨上空，請按捺興奮或緊張的心情，不要向我們揮手，因為我們或許正納悶着下方漫山遍野揮動着的手，究竟哪一雙才屬於真正等候救援的遇險者。

第四章

急症醫學解碼

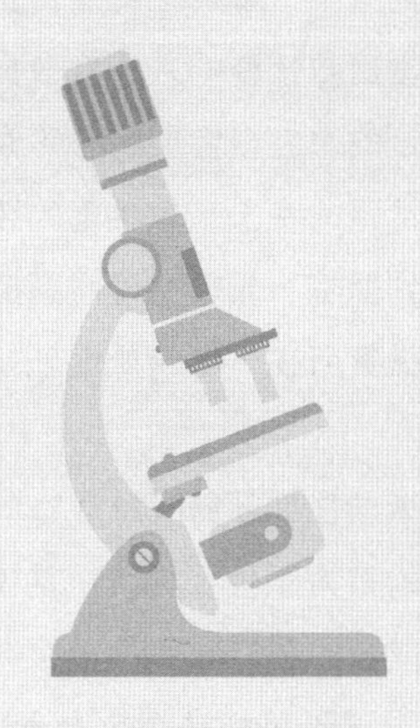

有多危急，還看分流

在急症室工作了十多年，為無數的病人診治，經歷了無數在分秒之間改變命運的臨床決定和拯救行動，有些病人的面孔是畢生難忘的。在這類病人中，大部分由於病情的兇險和搶救過程的嚴峻，在腦海中烙下永不磨滅的印記；另一部分卻源於病人行為的張狂和荒謬，促使我不能不對人性作出重新評價。

一般情況下，晚上到急症室求診者會比白天少。為了確保人力資源與服務需求匹配吻合，根據人手編制上的規律，晚上當值的醫生護士人數也相對減少。當遇上特殊情況，多名危殆病人同時送抵急症室的話，擔當搶救任務的人手就會捉襟見肘。由於搶救需時，期間病情相對穩定的患者自當要耐心等候。

數年前一個忙碌的晚上，救護車的閃燈亮個不停，把一個又一個的危急病人送到醫院，急症室等候區擠滿了候診的人羣。當時我仍是初級醫生，職責所在，無怨無悔地站在救治的最前線，東奔西跑，疲於奔命。

在電召救護車前往瑪麗醫院急症室的求醫者之中，有一名來自鄰近地高等學府的寄宿學生，與我份屬校友。到達醫院時，他自行踏出救護車，完成登記和分流程序後不久，開始嚷着自己塞鼻子，呼吸困難，認為自己不可能被評定為最低類別的“第五級病人”，要求儘快治療。

當時多名患者正同時在急救，他的要求無法如願，漸漸變本加厲，情緒失控，對工作人員大吵大鬧。病人正處於生死邊緣，我不能分身應付，便透過廣播系統，呼喚駐守急症室大堂的警員，立即控制該人的魯莽行徑，維持部門秩序，以免影響其他病人。

約三小時後，按分流的次序終於到他了。被警察訓誡以後，他已失去了先前的狂莽氣焰。廿歲開來的小夥子，五官端正，體格正常，至於人格，剛才的表現把餡給露多了。問過病歷後，原來他只是塞鼻子，其他甚麼病徵也沒有。鼻呼吸不了，大可以用嘴巴，根本不存在呼吸困難的問題。於是我為他治病之餘，嚴厲訓斥了他一頓，把"大學之道，在明明德，在新民，在止於至善"和"修身齊家治國平天下"這些道理，跟這位大學生重溫一遍，免他日後再做有辱了我校名聲的行為。

善用急症資源

這位大學生除了在我心中留下不甚光彩的印象外，還突顯了一個長久以來存在於病人與公營醫療機構之間的矛盾狀況。病人認知層面上對緊急情況的理解，與醫學範疇裏的客觀知識差異甚大。病人認為緊急的情況，客觀上可能連邊都沾不上。由於公共醫療開支龐大而財政來源有限，醫院必須合理地分配和運用資源，才能確保最有需要的病人獲得最恰當的治療時機，以收醫療及資源匹配的最佳效果。這個原則公平而合理，但卻難以滿足所有病人要求獲得既快又好的醫療服務期望，導致病者與醫療提供者容易在期望和現實之間出現不協調的情況，令雙方容易失去互信和產生衝突。這種情形在急症室裏最常見。因候診時間長而鬧得最兇的，往往是實質上不嚴重而自我感覺嚴重的病人，因為病情嚴重的，急症室醫護人員根本不可能讓其長久等候。

本港各急症室每天接待的求診人數，因地理位置和社區人口狀況之別，介乎300至900人之間。由於求診人數眾多而醫護人手有限，如何在不影響病人的健康狀況，而避免病情在候診時間內急劇惡化的前提下，快速有效地挑選出誰該先看症，誰可以等候，是一項極為重要的課題和工作。

第幾類病人

各急症室現時都採取一套相同的分流制度（Triage system），為求診的病人評估病情的嚴重程度，從而決定接受診治的緩急次序。病人在抵達急症室完成求診登記手續後，便會接受分流站（Triage station）護士作出的初步評估，根據客觀的分流指引，按病徵及各項維生指標作出相應的分流，把病人劃分為五個級別，即為第一至第五級病人。

病人提出的病徵各式各樣，不一而足。普遍而言，胸口疼痛、呼吸困難、昏迷不醒、咯血、癲癇發作，以至嚴重的交通意外和工業事故等，一般會被視為緊急情況，獲得較高的分流級別。

維生指標（Vital signs）一般是指由意識水平（Level of consciousness）、心跳頻率、血壓、體溫、呼吸頻率和血氧飽和度（SpO_2）組成的，客觀而重要的整體健康評估數據。意識水平則以格拉斯哥昏迷指數

（Glasgow Coma Scale, GCS）鑒別。該指數對肢體活動反應、眼睛開合和語言反應三方面逐一作出評分，以相加的總分評定一個人的意識水平。總分最高為 15，代表完全清醒；最低為 3，代表最深層的昏迷；9 分以下已是嚴重昏迷。其他評估標準可參考下表。

成人維生指標參考數據

	正常	危險
靜止狀態中的心跳頻率	每分鐘 60 至 100 次	偏離正常範圍越遠，潛在的危險性越高
血壓	俗稱上壓的收縮壓（Systolic blood pressure）一般在 100 至 200mmHg 以內都沒有多大危險	收縮壓在 90mmHg 以下可能已在休克（Shock）狀態。而俗稱下壓的舒張壓（Diastolic blood pressure）持續高於 120mmHg，則容易在短時間內出現各種高血壓的嚴重併發症
體溫	在攝氏 37 度上下輕微波動	攝氏 35 度以下是低溫症，高於 37.5 度則可視為發燒
靜止狀態中的呼吸頻率	每分鐘 12 至 16 次左右	偏差越遠，危險性越高
血氧飽和度	在水平線高度上，約 94% 至 95% 以上	偏離正常範圍越低，代表身體缺氧的情況越嚴重

經驗豐富的急症室醫護人員，很多時候不需要病歷記錄，單憑維生指標的數據就能在極短時間內判斷出危險的狀況，並迅速對病人展開搶救。

急症室分流級別

第一類：危殆

套用於生命處於極度危險狀態及擁有不穩定維生指標的人士。此類病人毋須等候，會接受急症室急救小組的即時搶救。

第二類：危急

應用於健康狀況存在高度危險性，且擁有邊緣性維生指標的病者。此類病人一般在 15 分鐘以內獲得急救小組的救治。

第三類：緊急

維生指標正常，但病情嚴重且具有潛在惡化風險的病人。他們一般在半小時內獲得診治。

第四類：次緊急

患上急性疾病但病情穩定的患者。

第五類：非緊急

患有輕微或慢性疾病的求診者。

最後兩類人士的候診時間需視乎當時的候診人數而定，難以作出準確估計。

急症室的分流制度並不是鐵板一塊，經評估的級別可因分流後病人的病情變更而重新審核。若病人的狀況在候診過程中有所惡化，急症室鼓勵陪同的家屬友人向在場的醫護人員及早匯報，以便儘快對病人再度評估。

不少被評定為第四及第五類的人士，常不滿被給予如此低級的類別，因而對醫護人員作出不禮貌，甚至粗暴的舉止行為。其實，只要他們設身處地想像一下，假如他們一家五口同時求診，一人因心臟病發已喪失所有生命跡象；一人因哮喘病發，血氧飽和度下降至只有 91%；一人因摔倒而大腿明顯骨折；一人患上感冒，體溫上升至 38.5 度；最後一人患了濕疹 3 年，久治不癒，想到急症室碰一下運氣。看到此例子便能立刻明白，自己會主動要求醫護人員先救治哪些家人，同時會讓哪些家人耐心等待一下。人同此心，心同此理。只要大家把社會視為一個大家庭，視其他人為自己的家人，本着“人人為我，我為人人”的精神，定能樂於遵從急症室分流制度的安排。

刻不容緩的胸口疼痛

某天晚上，某電視台新聞部一位編輯先生因胸口疼痛，自行到瑪麗醫院急症室求診。病者情況穩定，一切維生指標正常，行走自如。但我花了數分鐘詳細詢問病情後，單憑病歷已能準確診斷出，他患有高致命性的急性心肌梗塞（Acute myocardial infarction, AMI），並立即安排病人到急救室搶救。他為中年男士，身形肥胖，有抽煙習慣，身患高血壓，工作緊張繁重，患有冠心病（Ischaemic heart disease, IHD）的危險因素近乎集於一身，屬於冠心病的高危族羣。他在四天前開始突然胸口劇烈絞痛，並引傳至左肩，同時有呼吸困難、噁心、頭暈、冒冷汗等病徵。病人直指當時有快要死的感覺，辛苦得不能動彈。病徵在持續半小時後慢慢消失。由於患者一向沒有胸口疼痛的病史，徵狀消散後也就不以為然。隨後的幾天，同樣的病徵每天都重複出現，但痛楚程度和持續性都沒有第一次那麼嚴重。他曾向私營診所求醫，被懷疑患上冠心病，建議作進一步的深入檢查。到了當晚，胸口絞痛的情況復現，雖然痛楚程度仍不及首次，但持續性更長。

從臨床角度分析，四天前的首次病發，已是典型的急性心肌梗塞徵兆，並非普通由冠心病引起的心絞痛（Angina）現象。由於病發後病人一直沒有適當地接受治理，所以心臟血管阻塞和肌肉受損情況沒有改善，並持續惡化，造成反覆的胸口絞痛病徵。其後，心電圖檢察顯示出急性心肌梗塞的典型特徵，在心臟前方區域呈現 ST 段上升現象，代表該區域的心臟肌肉受損壞死。

我們立即為病人輸氧、建立靜脈通道、處方口服阿司匹林（Aspirin）、靜脈注射硝酸甘油（Nitrocine）和嗎啡（Morphine），並進行血液化驗，病人的疼痛感大為紓緩。接下來電召心臟科監護病房（Cardiac care unit）的當值醫生到急症室會診，交待病情和治療進展後，隨即把病人送進心導管手術室，進行俗稱"通波仔"的緊急經皮冠狀動脈氣球擴張術（Primary percutaneous coronary intervention）。手術過程證實病人多條心臟血管均有收窄的情況，其中一條主要血管更完全被血栓（Thrombus）阻塞，導致血管下游區域的心臟肌肉因缺乏血液供應而受損壞死。在受阻部位放置支架後，該血管被重新開通，血液已能再次流到血管下游區域。病人在住院數日後康復出院。

胸口疼痛的百種可能

急性心肌梗塞是現代化都市的主要殺手疾病，病發率高，死亡率也高。因此，它是急症室最常治理的急性危疾之一，也是急症室的重點救治對象。急性心肌梗塞的主要表現徵狀為胸口疼痛，但並非所有胸部疼痛都由它引起，它只是其中一個病因。事實上，胸口疼痛是急症室最常見的病徵之一，病因多若天上繁星，不能盡錄，涉及身體各個不同的系統。例如，呼吸系統中的肺炎、肺積水、胸膜炎（Pleurisy）及俗稱"穿肺"的氣胸（Pneumothorax）；

循環系統中的心絞痛、胸主動脈夾層動脈瘤（Aortic dissection）及肺栓塞（Pulmonary embolism）；消化系統中的胃食管反流（Gastroesophageal reflux）及消化性潰瘍病（Peptic disease）；肌肉骨骼系統中的肋軟骨炎（Costochondritis）及俗稱“生蛇”的帶狀皰疹（Herpes zoster）等疾病，皆是在急症室較常診斷出來的病因。所以胸口疼痛並不等同於冠心病或急性心肌梗塞，市民毋庸過慮，但必須小心處理。冠心病和急性心肌梗塞的成因在本書第二章〈運動場上的慘劇〉（頁64）一文中已作簡介。

每天因胸口疼痛到急症室求診的人士大約介乎十數人至20、30人，而真正患上急性心肌梗塞的只有寥寥數人。由於急性心肌梗塞致命率高，約四分之一的患者在送抵醫院前已不治。即使存活，亦常伴有高風險的併發症，所以是不能被誤診延醫的疾病類別，否則會嚴重影響病人日後的健康狀況。在20、30人中毫不遺漏地及時鑒別出幾位患上急性心肌梗塞的人士，對急症室醫護人員可謂一項嚴峻的挑戰。

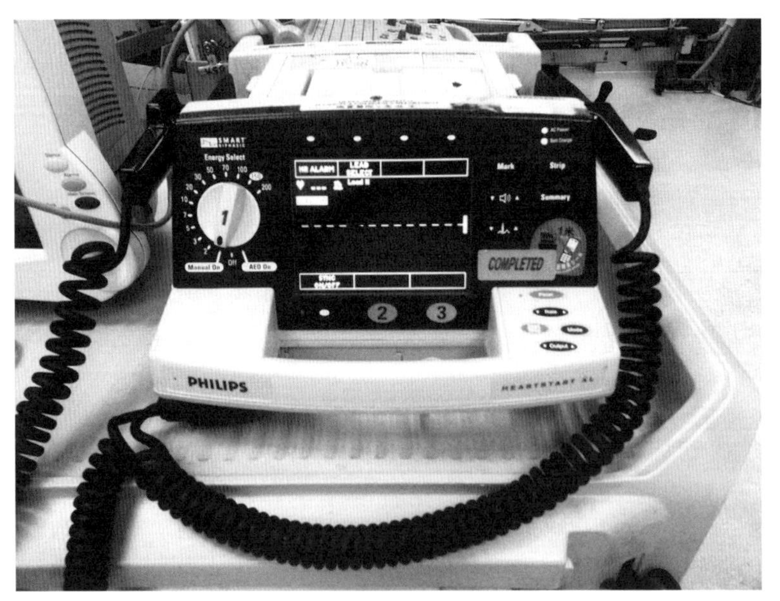

急症室使用的心臟監護設備（Defibrillator），監測之餘亦能為病人除顫。

識別心肌梗塞

急性心肌梗塞的診斷，需要滿足診斷標準內三種客觀條件中的其中兩項。第一是存在典型的胸口疼痛病徵。第二是心電圖上顯現如超急性 T 波（Hyperacute T wave）、ST 段上升（ST elevation）或左束支傳導阻滯（LBBB）等典型特徵。最後是血液化驗中顯示出心臟肌肉受損的生化證據。心臟肌肉一旦嚴重受損，心臟肌肉細胞內的酶便會被釋放到血液之中，血液中心臟標誌物（Cardiac markers）的濃度便會隨之而上升。血液中有數種物質能作為心臟標誌物顯示出心肌受損的情況，尤以肌鈣蛋白（Troponin）最為敏感和準確。現時大部分的公立醫院均已使用肌鈣蛋白，作為診斷急性心肌梗塞的心臟標誌物。

本文開首談到的那位男病人，憑藉典型的胸口疼痛病徵和心電圖特徵兩項客觀條件，就能確切地診斷出他患有急性心肌梗塞，毋須再等候心臟標誌物的報告，便可為他施行徹底的治療。

有了客觀的診斷標準並不意味着隨時都可以診斷出急性心肌梗塞，因為有少數病人從不顯現典型的某類客觀條件。例如，有些急性心肌梗塞病人從沒有胸口疼痛的病徵，尤以糖尿病患者及年老病人較普遍。另外一些病人則沒有典型的心電圖轉變特徵。對於判別這些病人是否患上急性心肌梗塞，血液心臟標誌物的化驗報告就必不可少。但化驗需時，一般在抽血後兩、三小時才有報告。而且從心臟肌肉受損壞死，到心臟肌肉細胞內的酶被釋放到血液之中，及至心臟標誌物的濃度上升到一個足以診斷急性心肌梗塞的高水平，是一個循序漸進的過程。從病發的一刻開始，到確診的血液濃度水平，大約需時六小時。早於六小時抽血的化驗結果，可能顯示心臟標誌物濃度仍低於確診水平，這反而向醫護人員提供了一個虛假的保證，容易做成誤判。所以那些未能即時排除急性心肌梗塞可能性的胸痛病人，一般會被安排留在急症室專科病房內接受觀察，並在相隔六小時的時間內進行兩次心臟標誌物化驗，看第二次的結果有否顯著上升，繼而作出最終判斷。

數據顯示，不同醫院的急症室都能對絕大部分的急性心肌梗塞病人作出快速的診斷。本港規模較大的綜合性醫院，根據自身的客觀條件，已能在全日或局部時段內，為病發 12 小時內的確診病人施行緊急經皮冠狀動脈氣球擴張術。規模較小的地區性醫院，則仍然依照傳統方式，先使用鏈激酶（Streptokinase）或組織型纖溶酶原激活劑（Tissue plasminogen activator）等藥物作溶栓治療（Thrombolytic therapy），溶解堵塞心臟血管的血栓，恢復血液流通。待病情穩定後，再擇日進行經皮冠狀動脈氣球擴張術。比較兩種方法，首種療效明顯較好，能降低患者的死亡率，嚴重出血的併發症機會較低，康復過程也較快。

那位編輯先生多日來已出現典型的急性心肌梗塞病徵，仍遲遲不到急症室求診，十分不智。他能保存性命，實屬幸運。“時間就是心臟肌肉”，當感受到胸口劇痛、呼吸困難、冒冷汗、暈眩和噁心等徵狀，市民不該心存僥倖，諱疾忌醫，應當儘早前往急症室，由醫生作出診斷。

迷信洗胃

“醫生，還不趕快替他洗胃？”

治療中毒病人時，經常聽到病人家屬和朋友跟我説這句話。在社會大眾的醫學觀念上，這大概是觀看電視連續劇影響最深遠的其中一個例子。以致中毒後，必須以洗胃方式治療這個概念，牢固地深入民心。但是，這概念絕對是錯誤的，必須嚴明指正，闡釋一下處理中毒的正確原則和方法。

毒理學是現時急症醫學裏發展得較快的一門專科，亦是急症科醫生的專長。近年本港各所大型綜合醫院的急症室都成立了中毒處理小組，組員均接受本地或海外的毒理學訓練，專門負責救治中毒入院的病人。

萬物皆有毒性

天地萬物皆有毒性，主要取決於攝入人體劑量的多寡。這簡單直接的陳述已經清晰地表明了中毒處理的最高原則。舉一個簡單的例子，水對人體十分重要，缺水很快就可導致死亡。但另一方面，喝下太多的水也可以引起水中毒（Water intoxication）而影響健康。所以市面上某些有關中醫藥和健康食品的廣告，常以“天然”、

"有機"等吸引目光的字眼作招徠，聲稱產品完全無毒及並無副作用，實乃無稽之談，嚴重誤導消費者。對於有藥物和毒理知識的人而言，沒有任何副作用的食物和藥物就等同於沒有任何"正作用"，不吃也罷，何必花費冤枉錢。而事實上不少中藥材和有機食品都含有劇毒。本港的《中醫藥條例》附表一清楚列明 31 種毒性猛烈的中藥，規定只能由註冊中醫處方才可出售，但每年仍有數十宗本土的中藥中毒病例，並引致零星死亡個案。另一方面，盛行一時的健康食品靈芝孢子，亦有本地病例證實對肝臟造成損害，令失實的商業宣傳不攻自破。

雖然世上不存在完全沒有毒性的物質，但導致中毒的攝取劑量卻因物、因人而異，難以準確拿捏。即使攝取同一物質的相同劑量，每個人的反應亦有所不同。因此在中毒個案中，除了要設法弄清病人吸入哪種物質和劑量外，更重要的是仔細觀察病人的臨床中毒反應，參考血液和尿液的化驗結果，準確評估中毒的嚴重程度，從而決定合適的治療方案。醫生醫治的是中毒的病人，而不是吸入身體的毒物。因此即使病人攝入了大量的某種物質，如果一直沒有不良的反應，根本不須要任何特別的治療。這是中毒處理的第二個最高原則。

附子是含劇毒的中藥，為本港《中醫藥條例》內 31 種毒性猛烈的中藥的其中一種。

資料顯示，大部分因意外或自殺而中毒的病人情況都並不嚴重，只需觀察 12 至 24 小時，或接受簡單的支援性治療，便可脱離危險。對於那小部分生命受到威脅的病人，除了必要的維生療法外，處理中毒的方式可歸納為以下三種。

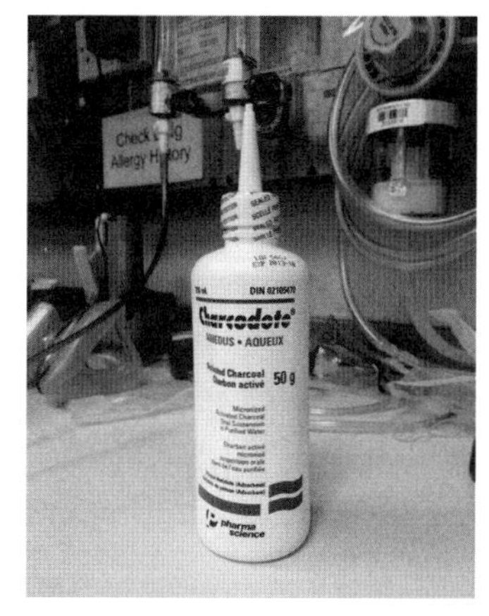

口服活性炭是清除腸道污染最常用、最有效的方法。

首先是清除腸道污染（Gastrointestinal decontamination），目的是儘快在毒物被腸胃吸收前的數小時內將其排出體外。口服活性碳（Activated charcoal）是最常用且最有效的方法。活性碳平常只需服用一次，最佳的使用時間為服食毒物後四小時之內。它能黏着殘留在腸胃內的毒物，阻止其被腸胃繼續吸收，然後經腸道排出體外。在某些特別的中毒情況下，可以每兩小時重複使用口服活性碳（Multiple dose activated charcoal），以達至最佳療效。

洗胃危險重重

洗胃（Gastric lavage）是早期發展起來的清除腸道污染方法之一。它的原理是把一條既粗且長的塑膠管從口腔經食道放入胃內，然後反覆來回推灌和抽吸經膠管注入胃內的生理鹽水，務求儘可能把留在胃內的毒物，從膠管回吸出來。但這方法實施起來效果並不是十分理想，執行程序亦比較麻煩，在很多情況下因各種原因的掣肘不能使用。遇上某些不合作的病人，一直糾纏着不讓醫護人員把那根直徑兩、三厘米的膠管放進口中，根本不可能完成洗胃的程序。另外，任何食物一旦進入胃部，快則一小時，慢則四、五小時內便會在胃壁肌肉活動的效應下排出胃部，推往腸道的下游。因此，病人如果在服食毒物後延遲了數小時的求診時間，又或者是透過其他非口服的方式攝入毒物，則洗胃完全失去其用途而毋須進行。

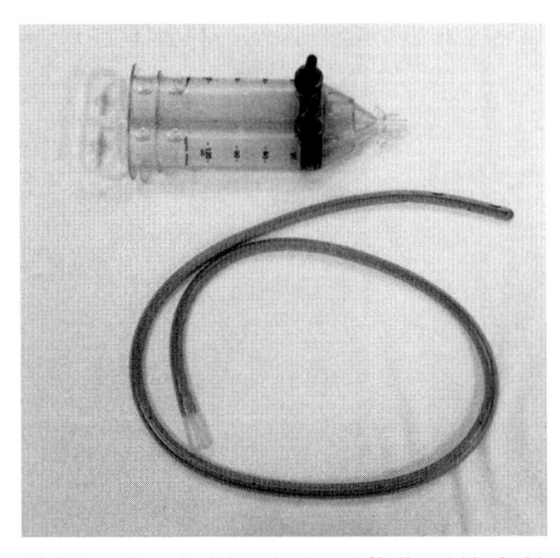

洗胃工具，包括既粗又長的塑膠管和抽灌筒。

不明所以的病人家屬或許會繼續追問，說道雖然作用不大，但試試又何妨。這種想法完全錯誤，因為洗胃這種方法最臭名昭彰的是，它可以引致眾多潛在的嚴重併發症。第一，擺放膠管的過程是個盲目的程序，不能絕對確保膠管能準確放入胃部。如果錯誤地放入氣管內，即使短短數分鐘已可引發由缺氧（Hypoxia）而起的永久性中樞神經創傷。第二，那條粗膠管經常引起胃部不適，令病人嘔吐，而在洗胃的過程中難以保障呼吸道的安全。一旦嘔吐物進入氣管而被吸進肺部，因而引起的缺氧和吸入性肺炎（Aspiration pneumonia）亦會致人於死地。其他潛在的併發症仍有很多，不一一列舉。有鑒於此，毒理知識豐富的醫生不可能冒險為不必洗胃的病人進行這個程序。由於上述的所有原因，洗胃作為清除腸道污染的方法，在先進國家已逐漸退出中毒處理的舞台。如今只有在十分特殊的危急情況下，而且在併發症的風險受到有效控制時，才會考慮施行洗胃療法。簡而言之，根據臨床毒理學界的共識，現時只會為口服了一個致命毒物劑量，並且在服後一小時內抵達醫院的中毒病人進行洗胃。而且在此之前，必先確保病人氣道安全。能滿足以上條件的病人數目極少，以瑪麗醫院急症室為例，過去數年每年只為不多於五名中毒病人洗胃。

總的來説，各種清除腸道污染方法的效果都不十分顯著，亦有使用時間上的限制，不可能完全清除吸入腸道的毒物，而且那些方法對其他口服以外的中毒途徑束手無策，所以並非中毒處理中最重要的手段。在救治嚴重的中毒病者時，必須依賴其他更有效的解毒措施。

常見自殺藥——必理痛

其次便是解毒劑（Antidote）的使用，目的是中和已經被身體吸收的毒物毒性。解毒劑的種類繁多，某些毒物或擁有多於一種解毒劑，故難以逐一細説。然而，最著名的非必理痛止痛藥（Paracetamol, Panadol）的解毒劑 N-acetylcysteine(NAC）莫屬。必理痛是世界各地最常用於自殺的藥物之一。一名正常體重的成年人一次服食超過 18 至 20 顆 500 毫克裝的必理痛藥片，已能導致中毒。過量服用能於三、四天內引發急性肝臟衰竭而死亡，因此必理痛的解毒劑 NAC 亦是各地最常用的解毒劑。不幸的是，並非每種毒物都有專項的解毒劑以供應用。

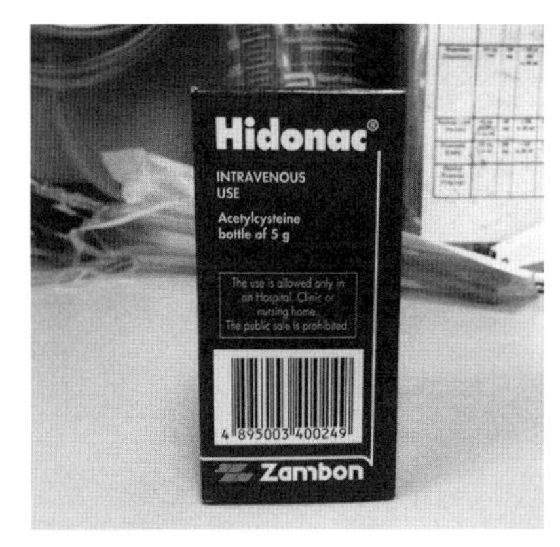

必理痛止痛藥的解毒 N-acetylcysteine（NAC）。

沒有解毒劑並不意味着坐以待斃，還好仍有最後一件法寶，就是血液透析（Haemodialysis）和血液灌流（Haemoperfusion）的運用，旨在透過由機器建立的體外循環系統，清除血液中的有毒物質，達到淨化血液的目的。例如，嚴重的阿司匹林（Aspirin）中毒就是以此方法治療的。同樣地，這些方法並不適用於所有毒物，而且使用費用昂貴，只有接受過特別訓練的醫護人員才懂得使用那些儀器，所以一般只會運用在極端危殆的中毒病人身上，而且必須在深切治療部內進行。

現代醫學科技發展一日千里，透過系統性地運用科學的原理，古時所説的百毒不侵，已非遙不可及之事。

家居催命符

“我的天，這個病人快要沒命了！”

當我瞥了一眼被擱在桌上的快速血液測試報告時，不期然地倒抽了一口涼氣，並從心裏發出一聲驚呼。

pH（酸鹼值）	7.301
PCO_2（二氧化碳分壓）	4.03 kPa
BE（鹼離子缺乏度）	-11 mmol/L
HCO_3（重碳酸鹽）	14.9 mmol/L

……

那份報告上清晰地列出以上的結果，冷冰冰地揭示着看來並不十分嚴重的代謝性酸中毒（Metabolic acidosis）。但當我從其他醫生口中得知該份報告屬於一名喝下紅花油自殺的病人後，眼前的紙條卻頓時變成了一道不折不扣的催命符。

“他已出現了代謝性酸中毒，快不行了！我認為應該馬上透過靜脈注射 $NaHCO_3$（碳酸氫鈉），同時為他插呼吸管保護氣道，進行洗胃（Gastric lavage）和處方口服活性炭（Activated charcoal），並立刻召喚深切治療部的醫生為他儘快安排血液透析療法（Haemodialysis）。”我快步走進急症室內的急救室，找到那名神智迷糊、躺在病榻上的中年男子。他一邊冒着豆大般的冷汗，一邊精疲力竭地吐個不停。我急不及待地向站在牀邊的主治醫生一口氣説出我的想法。急救室裏的醫生和護士此時才如夢初醒，各就各位熟練地逐一執行各項建議。

“你剛才在電話裏究竟是説他要死，還是説他要洗呢？”不久，深切治療部的一位女醫生奉召到場，焦急地問。

“不錯，我剛才在電話裏真的説他須要洗。不過，你也説得對，他真的快要死了，所以動作要快！”我如是回答。

四分鐘的死亡狀態

“洗”是“洗血”的簡化口語，而“洗血”即是醫學界裏對血液透析療法的俗稱。血液透析療法透過由機器建立的體外循環系統，清除血液中的有毒物質，達到淨化血液的效果。“洗”字和“死”字的讀音相仿，難怪有此一問。ICU 的女醫生不諱言不善於處理紅花油中毒個案，所以混淆了兩者的含義，我必須稍作解釋，並向她提出治療上的詳細建議。

下午 4 時左右，那名 40 餘歲的病人一如我所料“死了”。他在家裏喝下 30 至 50 毫升的紅花油企圖自殺，兩、三小時後被家人發現送院。初抵急症室時仍然清醒，但在接受主治醫生評估的半小時內情況急劇惡化。及至被我發現後才展開積極的搶救，在情況穩定後被直接送進深切治療部繼續救治。但約 30 分鐘後，還沒來得及展開血液透析療法前，病人在剎那間出現致命性的心律失常，心臟監測設備上赫然顯現出心室頻脈（Ventricular tachycardia），心肺功能驟然停頓，進入死亡狀態。

那天下午接着發生的事情，現在回想起來仍猶有餘悸。他在生和死的邊緣徜徉了四分鐘，最終被帶回人間。幸好及時察覺那份報告預示的危險訊號，作出了迅速的反應，並明智地把病人送進人手和醫療設備充裕的 ICU，他才得以經搶救後死裏逃生。

病人回復心跳後，隨即接受血液透析療法，血液中的毒物濃度逐漸下降，情況也持續好轉，翌日已完全恢復正常意識。七天後，病人完好出院。

家中劇毒之最

若要在日常家居用品中，評選出毒性最劇烈、最容易致命的一件物品，我會毫不猶豫地以紅花油作為首選。在過往治理紅花油中毒個案的日子裏，遇過不少如上述病例那樣，讓我畢生難忘的危急情景。

紅花油是一種由中草藥提煉而成的藥油，為外用鎮痛劑。與其他如白花油、活絡油和冬青油等鎮痛用藥油相仿，紅花油的主要成分為水楊酸甲酯（Methyl salicylate）。水楊酸甲酯和西藥阿司匹林（Aspirin）的主要成分水楊酸（Salicylate）在化學結構和藥理特性上十分相似，皆含劇烈毒性，在服食過量的情況下能輕易致人於死地。由於水楊酸甲酯的脂溶性（Lipid solubility）比水楊酸更高，因此以紅花油為代表的藥油，比阿司匹林更快被消化系統吸收，更快被分佈於身體各重要器官，更快出現中毒徵兆，毒性也顯著更強，致命性也明顯更高！

以一個 65 公斤重的成年人為例子作簡單的橫向比較，他要吃下約 400 顆每顆 80 毫克的阿司匹林藥片才有致命的危險，然而只要喝下一、兩口的紅花油便可達到相同的毒性。假如一名兩、三歲的小童錯誤服用一茶匙的紅花油便足以致命。由於市面上有多種不同品牌的紅花油發售，市民在日常生活中經常用得上，小孩子在家中也容易接觸得到，所以要格外小心儲存。

水楊酸甲酯和水楊酸引致嚴重中毒的原因，在於它們阻礙了人體細胞在正常情況下運用氧氣製造能量的有氧代謝（Aerobic metabolism）化學過程，迫使身體轉而進行無氧代謝（Anaerobic metabolism）以作代替。有氧代謝的失效增加了身體對能量的需求，並產生了有毒的酮（Ketones）。而無氧代謝過程則製造了大量有毒的乳酸（Lactate）和丙酮酸（Pyruvate），致使身體出現代謝性酸中毒。

中毒後先耳鳴

水楊酸甲酯和水楊酸中毒的典型病徵包括耳鳴、發燒、嘔吐、心律上升、冒汗、呼吸急速、神智迷糊、昏迷和抽搐等。而耳鳴往往是中毒後出現的首個病徵，在臨床診斷上有重要的意義。這些病徵一般會在過量服用後數小時內出現，如前所述，病徵在水楊酸甲酯中毒時會更早顯現。

臨床治理水楊酸甲酯和水楊酸中毒時，最具參考價值的化驗結果必然是 pH 值和與其相關的數據。概括而言，在中毒之初，血液首先因為呼吸急速而出現呼吸性鹼中毒（Respiratory alkalosis）現象，此時的情況仍不至太壞。但若情況得不到有效控制，或中毒劑量超越了人體自我修復的極限，由無氧代謝而產生的乳酸和丙酮酸不斷在身體組織中積聚，血液化驗結果便會逐漸轉化成代謝性酸中毒。代謝性酸中毒一旦形成，就如打開了潘朵拉的盒子，情況只會持續惡化，像滾雪球般導致極其惡劣的後果。當天，就是看到以上那份血液報告顯示出代謝性酸中毒，並無意間於言談中得知該份報告屬於那名喝下紅花油的病人，便在未睹病人廬山真面目之前，即時斷言他將會死亡。

對滴露的誤會

上文提及，白花油、活絡油、冬青油等藥油與紅花油的成分相似，同樣能引致水楊酸甲酯中毒，而我只特別指出紅花油為家居最毒之用品，對其他產品絕口不提，似乎有厚此薄彼，對紅花油不甚厚道之嫌。事實上，本地嚴重的水楊酸甲酯中毒個案，大部分都與紅花油有關。原因有三：第一，市面上雖然有不同的紅花油品牌，但其水楊酸甲酯濃度一般較其他藥油為高。第二，紅花油的瓶子普遍較其他藥油為大，所以容量較大。這兩個因素使紅花油裏的水楊酸甲酯含量相對較高。第三，紅花油的瓶口普遍較大，容易一倒而盡，而其他藥油的瓶口較小，難以很快把藥油全倒出來。這些因素增加了因自殺或意外而大量服用紅花油的危險。

本港合法出售的家居用品中都有法例監管，大致比較安全，從外地私帶入境的則另當別論。從漂白劑、洗潔劑、洗髮液、牙膏乃至殺蟲劑、殺鼠劑、甚至溫度計裏的水銀等，毒性都並不十分劇烈，誤服後毋須驚慌。即使是服用大劑量自殺，只須提供簡單的支援性治療措施，大都安然無恙。

以“滴露”消毒劑自殺曾是本地“風行一時”的自我了斷方式，但這顯然是缺乏家居用品的毒理常識，還使“滴露”這產品長期蒙受不白之冤，我願為它作平反。

此文的目的是希望大家關注和審慎處理含毒性的家居用品，以免小孩或動物誤服，並不是鼓勵讀者挑選自殺用品，生命可貴，請愛惜自己及他人。

認清蛇蠍，解毒不難

“我們要再等多久才有醫生來看她？”年輕的白人少女哭喪着臉，歇斯底里地向着護士大叫。她們剛完成分流步驟被送進急症室的候診區，才不到一分鐘的時間。

“我們已經把你的朋友分流為第三類別‘緊急’病人，現在暫時沒有比她的情況更嚴重的候診者。如無意外，下一個便會到她了，你先回去陪着你的朋友吧！”護士查看了輪候病人的名單，不緩不急地回答。

該少女的心情平伏了一、兩分鐘後，又跑到護士的跟前，瘋了似的怒吼：“我的朋友被毒蛇咬了，快要死了，要馬上見醫生！”

護士竭力地向她解釋和安撫，但都無濟於事。她的情緒已經墮進驚恐狀態，完全失去了自我控制能力，只是不斷重複地高聲自說自話。我剛巧從一個小診療室出來為病人拿一些檢查儀器，被少女撞個正着。她大口地倒吸着氣哀求道：“你可不可以去看看她，她快要死了！”

護士在旁向我解釋了傷者的情況，維生指標一切正常，只是被蛇咬過的足踝有瘀傷和腫脹，暫時沒有生命危險。

“你看我們都在工作，下一個就到她了，你稍等一下吧。”

“這裏的醫生為何這麼冷血？她被毒蛇咬了，你們為甚麼不能早點看她！”她指着遠處靜靜地坐在輪椅上的妙齡女郎，用自己刺耳的尖叫聲燃點起 2012 年 10 月某夜東方夜空中的怒火。

“你要知道，來急症室的病人不光是你的朋友，其他很多人的病情都很嚴重……”

“但她被毒蛇咬了，是最嚴重的那一個，你要她再等多久？”她毫不客氣地打斷了我的話。

“我不同意你的說法。請你不要只顧及自己，她的情況並不比其他病人更嚴重。她已經排在第一位，你要我們怎麼可以再快一點呢？我們是治蛇咬的專家，請你信任我們。我不再跟你囉嗦了，以免影響我的病人。”然後轉身回到本來的診療室去。我的病人也不齒外籍少女的霸道氣焰：“她真的以為白種人就比其他民族優越嗎？”

不需多久，我的一名同事完成了自己的工作後，便去為傷者診治。她回來跟我商議病情，俄羅斯籍的傷者自稱個多小時前在南丫島上被一條綠色的蛇咬傷足踝，傷口逐漸腫脹發瘀。聽到這種病歷，謎底已呼之欲出，二人的腦海中不約而同地緊盯着唯一的答案：典型的青竹蛇毒性。於是我建議在急症室馬上為傷者透過靜脈注射兩瓶綠蝮蛇抗毒血清（Green pit viper antivenom），然後把她留在急症科專科病房（Emergency medicine ward）內觀察療效。翌日，病人的傷口情況明顯改善，已能回家休養。

急症醫生，專長解毒

本港每年約有 90 宗蛇咬病例，大部分患者均於公立醫院的急症科專科病房接受治理。由於工作上的需要，急症科醫生對毒蛇及蛇咬的處理，比其他各科醫生都有更深入的認識。治理各種毒蛇引致的不同中毒現象，亦因而成為急症科的獨門專長。

蛇有毒與否，取決於有否製造、儲存及分泌毒液（Venom）的能力。蛇毒一般是以蛋白質為主的複合物質，95% 以上的自身重量由毒素（Toxins）、酶（Enzymes）及肽（Peptides）組成。負責製造和貯存毒液的毒素腺（Venomous gland）主要藏於顱腔之內，身體其他部位或許還有較次要的毒素腺。分佈各部的毒素腺透過體內的管道，最終把毒素傳送到上顎的空心牙齒中。千百年來，毒牙也就成為了毒蛇的標誌。

在本港範圍內棲息繁衍的毒蛇，以生物學上的分類方法可分為四科：蝰蛇科（Viperidae）、眼鏡蛇科（Elapidae）、游蛇科（Colubridae）及海蛇科（Hydrophiidae）。當中海蛇科的屬羣含有劇毒，但民眾甚少機會為海蛇所傷，因此在臨床上極為罕見。

四種常見毒蛇

判斷被蛇咬人士是否被毒蛇所傷，是診治過程中最初步、但亦極其重要的一環。辨認本港的毒蛇並不太困難。除海蛇外，陸居的毒蛇頭部一般呈三角形，腮部腫脹，並長有一對尖鋭細長的毒牙。毒蛇在傷者皮膚上造成的傷口，常會留下兩個以毒牙咬出來的明顯小洞，有別於由非毒蛇造成的對稱的兩排牙齒痕跡。本港最常見、且最常咬人的毒蛇乃屬於蝰蛇科的青竹蛇（Bamboo snake），混身翠綠，只有尾部略呈褐紅色，有別於全身翠綠而無毒的翠竹蛇。牠的毒液能破壞人體凝血功能而導致嚴重出血，及引起傷口附近逐漸惡化的軟組織壞死。

其次是眼鏡蛇科環蛇屬的金腳帶（Banded krait）和銀腳帶（Many banded krait），特徵是渾身分別以金色或銀色的環狀粗條紋與較窄的黑條紋相互區間。牠們都是晝伏夜出的動物，生性羞怯，較少在光天化日下發現其行蹤，亦較少在日間傷人。其分泌的神經毒素（Neurotoxin）能使肌肉癱瘓，嚴重者能致呼吸衰竭而死，但傷口附近並無顯著的軟組織壞死跡象。再者是俗稱飯鏟頭的中華眼鏡蛇（Chinese cobra），牠們的特徵是受刺激時頸部會擴張成弧形塊狀，擺出一副昂首吐舌的兇惡模樣。牠們的毒液主要含有導致肌肉癱瘓的神經毒素、損害循環系統的心臟毒素（Cardiotoxin）和引致軟組織壞死的細胞毒素（Cytotoxin）。被以上的毒蛇咬過均有潛在的死亡風險。

世界各地有不同的常見毒蛇，此為澳洲南部常見的虎蛇 (Tiger snake)，跟香港的常見的金腳帶同屬眼鏡蛇科。

別自行吸啜毒液

被蛇咬的人士應保持鎮定，立即停止一切劇烈運動，並儘快報警求助。在安全情況下應嘗試觀察上述毒蛇的特徵，或用智能電話拍下蛇的照片，以提供有用線索予醫生簡化診治過程。試圖用口啜去傷口內的毒液，只存在於武俠小說中的情節，效果適得其反，必須制止。如果自行包紮傷口，也不應把受傷的肢體包得太緊，以免阻礙血液流通。抽煙和喝酒也是不合適的舉措。

急症科醫生對以上那些常見的毒蛇都十分熟悉，根據病人提供的蛇資料，不難推測出元兇是否毒蛇及其品種。若傷者被不常見的蛇所咬，而存有蛇的照片或實物，急症室可聯絡該區的蛇店東主前來辨認，幫助診治。

被毒蛇所傷不一定會出現中毒的現象，因為毒蛇並不是在每一次襲擊中都從毒牙排出毒液。部分傷者只會在被咬的位置出現局部的輕微病徵，並不會出現持續惡化或波及全身的整體性症狀。因此，急症科醫生除了要設法搞清楚元兇的種類，更重要的是根據病人的臨床中毒反應類型，判斷病徵是否與被鎖定毒蛇的毒性吻合，從而決定最終的治療方案。

常備蛇毒血清

被蛇咬傷的人士一般需要留在急症科專科病房，間歇性地進行血液化驗以評估凝血功能、腎功能及肌酸激酶（Creatinine kinase）等指標的變化，並接受一段時間的醫學觀察，以便對潛在的蛇毒徵狀進行持續的臨床鑒別。一旦發現病人出現某類蛇毒特有的毒理反應，急症科醫生會因應病人的情況及早選擇合適的抗蛇毒血清（Antivenom）進行治療，中和已進入體內的毒素。本港各所具規模的醫院，現時都配備針對各種毒蛇的抗蛇毒血清，所以近10 年來由毒蛇引起的本土死亡案例已漸漸絕跡。

回到那位外籍病人的個案，我們讓她稍作等候，原因有二。第一，急症室是公營機構，必須維護公平原則，不可以因為誰發出的聲音大一些，就先滿足誰的要求，令其他病人的權利受到剝削。再者，急症科醫生是醫治蛇咬的專家，運籌帷幄，臨危不亂，不必像事主同伴一般恐慌。歸根結底，在知識和經驗層面同樣豐富的急症科醫生眼中，蛇蠍並不比美人更可怕。

智辨毒菇

相同的食物來源，相同的腸胃病徵，相同的發病時間，我站在臥牀的兩名中年女性病人之間的通道上，看着她們不停地捂着肚子喊疼，經過不消一刻的思索，腦袋裏只留下唯一的清晰意象。是一宗食用有毒蘑菇而致的食物中毒個案。

在病人喃喃自語的低聲哀吟中，好不容易才從第一名病人的口中整理出詳細的病歷。“腹痛、反覆嘔吐、拉肚子、頭暈”，凌晨時分，我在第一份病歷記錄寫下以上病情。一目了然的急性腸胃炎（Gastroenteritis）徵狀，簡單直接。替她做完身體檢查後，我轉向了旁邊的另一名病人。

當從她的口中説出同樣的話，我便意會到剛才出了一個小小的錯誤。雖然同樣是急性腸胃炎，但並不簡單直接，需要更進一步的調查。

詳盡的病歷顯示，二人原是親屬。當晚七時左右在家中用餐，約九時開始出現消化道的病徵。基於“兩名或以上人士在食用相同食物後的 72 小時內，出現相同的消化系統或神經系統病徵”這個醫學定義，毫無疑問，是一起食物中毒。問題是她們當晚吃過的食物中，哪一種才是真正的元兇。

於是我向她們及其家屬逐一追問吃過的食物。雞、魚、蘑菇……“蘑菇”這兩個字在我的耳邊像擴音機故障時出現的怪叫一樣，發出刺耳的迴響。在野外醫學知識上衍生出的本能反應告訴我，這就是疑兇。

“蘑菇是在甚麼地方買的呢？”我向陪伴的家屬查問。

“是在銅鑼灣 XX 百貨買的，從雲南進口的鮮蘑菇。”

雲南，蘑菇，一幅印有美麗蘑菇的圖像登時浮現在眼前。我深信我已找到了答案。儲存在腦中的資料庫即時亮起了一條相關訊息耀目的燈號：雲南省內各地自 1978 年開始，陸續發生涉及死亡人數超過 300 人的多宗不明猝死事件。後經專家多年研究，證實神秘死亡事件的元兇乃當地常見的一種名為“小白菌”的蘑菇。

雖然從食用蘑菇後快速的發病時間已可斷定，涉案蘑菇引起的中毒不是致命性的，但我也不敢怠慢，依照處理食物中毒的常規程序，要求家屬回家把吃剩的熟蘑菇和未經烹調的鮮蘑菇一併保存起來，留待衞生署作深入化驗。

處理各類中毒病症是急症科的專長，所以中毒病人一向是留在急症科專科病房，由急症科專科醫生治理。由於當晚急症科專科病房已住滿病人，只好硬着頭皮把兩名病人收進內科病房觀察治療。有感於內科醫生未必有充足經驗處理蘑菇中毒個案，我特意把治療重點寫在病歷記錄上，提醒大家注意。

在病人入院後，我立刻透過電腦系統和電話，把該宗食物中毒的資料上呈衞生署，促請其儘快調查，以防更多的市民受害。

不可輕視的毒菇

四天後，本地的報章上出現了以下的報道：

> 六名市民懷疑因進食從超市購買的鮮菇引致食物中毒。食物安全中心昨到銅鑼灣 XX 百貨、太古 XX 及 XX 旗下四間分店，取走六個鮮菇樣本化驗，懷疑有關鮮菇攙雜了含有毒素的菇類，呼籲市民立即停止食用。

內科醫生看來沒有衛生署般提高警覺，第二天天亮後便讓病人出院了，也沒有安排覆診。他們或許不了解，蘑菇中毒與普通食物中毒有天壤之別，導致死亡的嚴重病徵是在服用蘑菇約 6 至 10 小時後才出現，有些甚至延至 24 小時後才顯現。所以觀察期務必涵蓋致命病徵可能出現的時間，後續的覆診也必不可少。

世上已知的蘑菇種類超過 14000 種。雖然很多蘑菇的外表優美，而且可以作為餐桌上的佳餚美食，但不少品種卻含有毒性，嚴重的可以致命。長久以來，在菇類繁殖茂盛的歐洲，不少人就因為把毒菇誤以為可食用種類進食而無辜喪命。相傳羅馬皇帝克勞狄烏

單憑外觀，着實難以辨別野生的菇類有毒與否。為免中毒，郊遊者切勿採摘野菇烹調食用。

斯和神聖羅馬帝國皇帝查理六世的死，就與誤服毒菇有關。

在林林總總的有毒蘑菇中，根據生理學上對人體的影響效果可將其毒素（Toxins）分為四大類別：

原漿毒物（Protoplasmic poisons）、神經毒素（Neurotoxins）、胃腸道刺激物（Gastrointestinal irritants）及雙硫崙樣毒素（Disulfiram-like toxins）。就臨床診斷而言，菇類中毒的病徵可總括為以下八大種類：

1. 約2小時內出現單純的腸胃病徵。
2. 約6~10小時後出現腸胃病徵，並於2至3日後出現高致命性的肝腎衰竭。
3. 約6~10小時後出現腸胃及中樞神經病徵。
4. 約24小時後出現腸胃病徵，並於隨後兩週內出現腎衰竭併發症。
5. 迅速出現的"膽鹼激性中毒症候羣"（Cholinergic toxidrome），特徵是身體各處分泌出大量水分、心跳驟降、呼吸困難及神智不清等。
6. 迅速出現的視覺幻覺及妄想。
7. 迅速出現的睡意和幻覺。
8. 與體內積存的酒精產生反應，5日內仍會出現臉部潮紅、噁心、嘔吐和心跳過速等現象。

從以上的資料可以作出結論，服食毒蘑菇後越早出現腸胃病徵，情況就越不嚴重，死亡風險就越低。那兩名女病人在進食蘑菇約兩小時後便出現腸胃病徵、屬於典型的第一類蘑菇中毒徵狀，所以我即時從發病時間已可斷定是次中毒的致命性很低。死亡的案例主要集中在呈現第二至四類中毒徵狀的病人身上。這幾種中毒類別有一個共通點，都伴有腸胃的病徵。所以食用蘑菇中毒後出現腸胃病徵的病人，必須在一段合適的時間內進行觀察及覆診，以確保沒有遺漏了滯後出現的嚴重併發症。

路邊野菇不要採

鵝膏菌（Amanita Phalloides）是所有毒蘑菇之中最臭名昭彰的一個品種，毒性最強，殺人最多。它引起的是第二類中毒徵狀，會令人出現急性肝衰竭（Acute hepatic failure）。如不進行緊急肝臟移植手術，難以挽回性命。

就本港的統計數字而言，每年均有數宗至數十宗的菇類中毒事件。本地菇類有超過 380 個品種，其中約一成有毒。由於本土毒菇的毒性普遍不強，所以鮮有死亡案例，但進口的毒菇及在外地誤服後返港求醫的則另當別論。2008 年 1 月，一對內地夫婦在南非一個公園內採摘及烹調野生蘑菇進食，在本港轉機期間出現腹痛、肚瀉及頭痛等中毒徵狀。二人被送到瑪麗醫院診治，其中 43 歲妻子因鵝膏菌導致多個器官衰竭死亡。對一般市民而言，單從外形很難鑒別某種蘑菇是否有毒。故以安全起見，郊外的野菇千萬不要採摘烹食。

野外醫學，求生有法

野外醫學是急症科醫生的另一項專長。這學科所包含的內容

統計顯示，體重超過兩公斤的珊瑚魚才會引致明顯的雪卡毒（Ciguatoxins）病徵。

相中的魨科魚，跟河豚屬同科，部分含河豚毒素（Tetrodotoxin），是世上最毒的物質之一。

廣闊無邊，博大精深。從蚊子叮、蜈蚣咬、蠍子刺，至進一級的石頭魚、坑鰜魚、鯖魚和貝類的毒素，乃至死亡率較高的雪卡毒（Ciguatoxins）、蛇毒和河豚毒素（Tetrodotoxin），急症科醫生都必須學懂其原理，深諳治療之法。畢竟，被野外毒瘴猛獸所傷的人，腦袋中只知道唯一的一個去處，就是急症室。這種需要順理成章便變成了我們的責任和使命。

某年我跟家人到澳洲旅行，旅行團的導遊在黃金海岸的沙灘上問各位團友：“你們知不知道沙灘上的罐子裏盛些甚麼？”

我思索了一會，回答：“醋。”

儘管事前不知道真正的答案，但我知道的是澳洲水域有很多有毒的水母。被水母的觸手和身體上的刺絲囊螫傷，傷口疼痛難當。而醋是紓緩這種劇痛最簡單有效的方法。

對於喜愛旅行遠足、潛水滑雪的我而言，從野外醫學裏學到的東西，是在日常生活中最能學以致用的知識，使我受益匪淺。

第五章

守護每一個生命

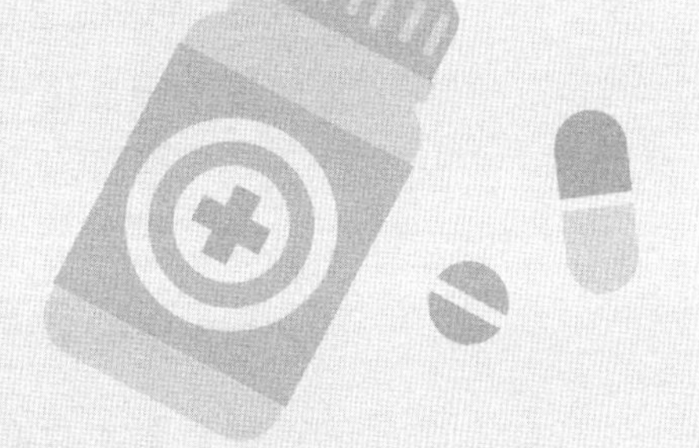

以心靈感動心靈

看着跟前這位 21 歲少女，我恐怕從她那絕望的雙眼流下的淚，會洗擦掉她最後一丁點活下來的勇氣。我深知依照急症室正常的方法處理，對於她的心病是徒勞無功的。我對她的憐惜油然而生，不忍失去一個人才。

“妳現在覺得自己是世界上最痛苦的人，我當時也是。妳現在經歷的種種折磨，我當時也曾經歷過，妳的痛苦不能說一定比我的深，但我熬過了那段時間，我知道妳也能……”

我改變了策略，跟她談起自己的人生起伏，分享自己過往從低谷重新振作自強的經歷，分析在逆境中如何走出情緒困擾的陰霾，以正確的態度面對自己的前路，進而勉勵她，優秀的標準不是由他人決定，而該由追求理想的奮鬥過程中自我界定和超越。

她是一名從內地到本港某所著名大學作交流的化學系高材生，學業成績一直名列前茅。因自我要求太高，總覺得朋友比自己優秀，學術研究上又遇到一些問題，悲從中來之下竟計劃用最決絕的方式自殺。朋友發現後立即將其送到急症室，她的情緒極為低落。

從最初堅決拒絕接受治療，到半信半疑地接納轉介給精神科醫生診治的建議，及至後來微笑着同意住院的安排，我知道即使不需要精神科藥物，她的心病已治癒了大半。在離開急症室到精神科病房前一刻，她靦腆地對我說："以前從來沒有醫生對我這麼好！"

我真摯地跟她說："如果這次能成功救回妳的性命，妳日後回到內地，請妳去醫院當義工，去開解患上抑鬱症而企圖自殺的病人。用我剛才對妳説的話，跟他們訴説妳獲救的經歷；用我打動妳的方式去打動他們受羈絆的靈魂。以心靈感動心靈，用生命改變生命。這樣，妳往後的成就不一定高於妳的朋友，但妳一定比他們更優秀！"

五天以後，少女不藥而癒，毋須服用任何精神科藥物，情緒完全穩定下來，健康出院。

醫治病者的心

我輩先師魯迅先生當年在日本習醫期間，慨嘆醫學只能治癒中國人的軀體，卻醫治不了這個民族的精神與靈魂。於是憤而棄醫從文，以文字表達心底的徬徨，以語言發出內心的吶喊，希望改變中國人心靈的冷漠和腐朽。這聲吶喊鏗鏘有力，我刻骨銘心，不敢忘懷。故多年以來，一直本着"以心靈感動心靈，用生命改變生命"為座右銘行醫，治病之餘，亦努力嘗試治好別人的心。這是其中一個病例，使我被授予 2011 年《愛心全達齊頌賞》全港愛心醫護人員選舉的"最具感染力獎"。

精神科是一個很大的學科，包括了從輕微到嚴重，從短暫到長期，與精神和情緒問題有關的大大小小不同病症。雖然現今已踏入 21 世紀，在中國人的社會談精神和情緒問題，仍然是一種禁忌。患者大都羞於啓齒，不願意向家人或朋友談及自己的情況，擔心被冠以“精神病患者”這個具有歧視性的標籤。然而亦因此喪失了來自社交圈子中的足夠開導和支援，堵塞了釋放心中鬱結的合適渠道，甚至拖延了求診時間，引致病情惡化。報章上不時出現與精神病患者有關的慘劇，或多或少由此原因造成。

別害怕精神病

我深刻記得習醫時期，精神科的教授曾經說過：“人生漫長，必定在某個時期患上某種精神科疾病，問題只是患上的是哪一種，情況是輕微，還是嚴重而已。”不諱言自己以往曾遭受嚴重的情緒困擾，並萌生過幼稚的輕生念頭。由此可見，精神科疾病十分常見，它跟傷風感冒一樣，只是疾病的一種，無人能倖免，毋須大驚小怪，也不必害怕遭別人歧視。只要拋開諱疾忌醫的顧慮，及早求診，病情普遍都可以受到控制，大部分病人也可以完全康復，重回人生正軌。

本港的急症室有一套治理精神科求診者的標準程序。病徵相對輕微，沒有展現出危害個人及公眾安全的想法或行為之患者，一般不須留院治療。主治的急症科醫生會處方短期的精神科藥物暫時控制病情，並把病人轉介往精神科門診作進一步治療。相反，病情嚴重並危及個人和公眾安全之患者，則必須被安置於一個特設的病房，等候當值的精神科醫生或護士作詳細評估，以決定最佳的治理方案。這類病人一般需要住院，接受一段時間的監察治療。一些情況特別嚴重的病人，更要接受為期最短七天的強制性住院安排，被送往幾所設有特別精神科病房的醫院進行治療，直至病情穩定下來，再沒有傷害性為止。

上述病例中的少女因展現出强烈的自殺念頭，被列為嚴重的精神科病人，被負責分流的護士安置於那個特設的病房，由朋友陪伴着候診。精神科並不是我的專業，本來只需召喚當值的精神科醫生到來為病人診治，便完成了工作。事實上，很多醫護人員在問診時聽到病人講述其他科目的病徵時，都以“那不是我處理的範圍”或“有問題，到急症室看吧”等説話打發了事。

我沒有以那種冷冰冰的方法處理，因為我把她視為獨立的人，而不是一個病症。我珍惜她的存在價值，不想浪費了她的能力和才華。我雖然不諳精神科範疇的專業知識，不知道如何從醫學角度治好她的病。但作為一個有過相似經歷的人，我理解她的處境和感受，知道如何從朋友的角度幫助她度過難關。這種簡單的事情，根本不需要任何專業知識，只需付出心中的愛。

以人為本，以愛行醫

“以人為本”是醫學界一直以來提倡的終極目標，但往往只停留在口號層次，落實到日常工作層面卻經常淪為“以指引為本”。部分醫護人員冷漠對待病人是客觀存在的事實，並不能單純以工作忙碌作為託辭。對一部分同業而言，醫護工作只不過是賴以謀生的途徑，並不將其視為崇高的事業。一旦放下了愛心，喪失了靈魂，澆滅了熱情，工作自然因循苟且，人浮於事。在醫護界這個最需要愛心的行業中，不少人只以指引為依歸，對於指引以外的事，缺乏承擔，抱着少做少錯的心態，對該做的事情視而不見。近年公私營醫療機構眾多失誤事件，就是這種工作態度下的必然產物。

在 2011 年《愛心全達齊頌賞》全港愛心醫護人員選舉中，由阮雲道大律師、藍鴻震太平紳士和李紹鴻教授等社會賢達組成的評審團，對我的得獎作出以下評價：

“縱然每天救急扶危，應付繁重而與日俱增的工作量，但仍不減他對病人無私的關愛和熱情。他不僅從治病的角度，更從人性的角度，全心全意地幫助每一位病患者……最重要的是得到病人信任，從而讓他們的身體和心靈得到醫治……這些事均可見鍾醫生的愛心和同理心。在自己職責範圍以外，透過實際行動打破墨守成規的指引，體現以人為本的理念，鍥而不捨地幫助病人。”

這是我得到最美好的讚譽，讓我深感人的心靈是可以被感動的。我的行為感動了那位少女，感動了評委，評委的評語也感動了我。這些的相互感動，正因人們心中渴望愛。

我在頒獎典禮的台上致謝辭時説道：“我得到這個獎，受之有愧。我所做的只是無足輕重、舉手之勞的事，並非甚麼豐功偉業。希望藉着這次得獎，勸勉所有醫護人員‘勿以惡小而為之，勿以善小而不為’，我們付出的一點一滴，病人的心是可以感受到的。”

尊重死亡

數年前的平安夜，當世人在普天同慶的幌子下，沉溺於紙醉金迷中，她卻在燈火闌珊處徘徊，靜待上主的垂憐。那是我第一次遇上她，也是最後的一次。

她是一位年僅 21 歲的末期子宮頸癌病人。過去五年間她接受了一連串治療，在那個擁有獨特歷史和宗教意義的晚上，淡然踏上人生的最後旅程。癌細胞在漫長的歲月裏把她折磨得如同一具活骷髏。她那深陷的眼窩流露着空洞的目光；半張着的乾癟嘴巴吐不出一句話語，與平安夜的歡樂氣氛形成了強烈反差，猶如在我那平靜無垠的心湖猛力投下一塊巨石。

我料到她的生命將到盡頭，所有搶救行動都將無補於事，於是放棄了施行任何或會延續病人痛苦的做法。我彎下腰，倚在病牀邊輕拍着少女的手，一面跟病人的媽媽談話，讚揚少女一直勇敢地接受着旁人難以忍受和體會的艱苦治療，引導她與彌留中的女兒説話，鼓勵她憶述女兒病發前後的生活點滴，重溫以往美妙的時光。我亦不忘婉言開解這位將要面對喪女之痛的媽媽。從她的眼中窺知，她深深感受到自己和女兒並沒有遭歡笑聲此起彼落的世界完全遺棄，反而在一個局促狹小的診療室裏，被一個素未謀面的醫生真摯地關愛着。

事後，我寫下一首小詩，紀念這位特別的病人，冀望她在上主的眷顧之中獲得安息。雖然我對她的認識不深，但藉着這首詩，希望能兑現自己的承諾，讓她永遠活在我腦海之中。

悼念

我輕輕拍着妳瘦弱的小手
默默地注視着塌陷的雙眸
已沒有訴説傷感的渴望
只剩下祈求解脱的目光
曾經滿載夢想的翅膀
如今已無力承載徬徨
四分一歲月在光與暗之間流浪
大半生時光於分和秒以內跌宕
初蕊曾於明媚的晨光中慢慢綻放
鮮花卻在猛烈的艷陽下匆匆凋亡
我沒有能力讓血液不停流淌
只能保證妳的存在不被遺忘

相同的人生終站

世事變幻不定，生命存在無數可能，未來之事難以預料，唯有生老病死為人生必經之路，死亡乃人類共同的最終歸宿。不論貧賤或富貴，卑微或顯赫，每個人都逃脱不了必然的宿命桎梏。醫護人員從求學、受訓到工作，都以救死扶傷作為主要目標，亦被各方面寄予起死回生的神聖任務。然而，無論是教科書還是工作上的指引，對死亡這個重要的概念卻着墨不多，只是輕輕帶過，因此並非所有醫護人員對死亡的種種問題都能建立正確的認知和態度。

其實醫院各部門除了少數幾個專科比較注重對臨終病人的護理外，其他病房對病人及其家屬，在身心方面的照顧都明顯不足。對某些醫護人員而言，病人的死亡意味着治療失敗，是對自己能力的一種否定，從而產生自我責備的罪疚感，形成內心難以承受的心魔。面對將逝的生命而束手無策時，他們選擇了逃避，減少與病人及其家屬的正面接觸，讓自己的心裏好過一點。另一些人卻對生命缺乏足夠的尊重，認為病者既不久於人世，盡心盡力也是白費工夫，沒有多大實際意義，在潛意識裏把無法挽救的病人視為累贅，甚或投閒置散。這些由誤解和偏見扭曲而致的錯誤態度，造成了醫護人員懂得戰勝疾病，卻不善於面對死亡的後果，也嚴重窒礙了臨終病人和其家屬在身體和精神層面應當獲得的適當護理機會。

急症室每天都要治理大批危重病人，死亡是常見不過的事。慶幸自己未因看多了生離死別而變得麻木，仍然能為病人掉眼淚。失去了這份痌瘝在抱、感同身受的情懷，任憑醫學發展多麼迅速，醫療技術多麼先進，醫者都不可能從人性的角度出發，確切了解病人及其家人內心的真正感受，更不可能以最體貼的方式解決他們的實際需要。

不一樣的關愛

死亡不單單是一個結局，還是一個過程，從生到死須要經歷一段不能準確預測的時間。從某個意義上説，每個人從出生的第一天起，就在經歷着這個過程而步向死亡。依這個角度而言，臨終者跟其他病人沒有分別，只是身處在生命的時間線上不同的位置而已，理應獲得與其他病人同等程度的重視和關愛。

由於正走向一個以往從未踏足過的目的地，臨終者心中不免充滿惶惑、疑慮和恐懼，所以更需要家人和醫護人員的陪伴和關懷。雖然終點將到，他們心裏肯定還想被別人視為一個活生生的人，而不是一件可置棄的物件。醫護人員或許沒有回生之力，但只要多走一步，就能維護一個人在這世上應該擁有的最後一點尊嚴。疾病固然能帶走生命，但我們絕不能讓它同時奪去人間的愛。

本人雖非基督徒，但深知聖誕節的真正意義，並不只是熱烈地慶祝主耶穌的誕生，而是提醒自己每一天都要實踐主耶穌曾經施行的愛。救急扶危是醫者職責，成功了，不值得任何褒獎和自豪，那是份內之事。就如建築師建成了堅固的大樓，會計師準確地算好了賬單，郵差快捷地送達了郵件一樣，理應如此。只有跳出固有思想的樊籠，在職責範圍以外，主動從人性的角度出發，竭盡全力為病人服務，設身處地解決患者的實際困難，才能體現出“肩負責任，施行仁愛，追求卓越”的精神，把護理工作質素提升到另一個更高的層次。

因工作關係，我見盡生死，深感生命飄渺無奈，難以確切掌握。世上一切功名富貴，看透了，皆若過眼煙雲，全為身外之物。唯有懂得去愛，愛身旁的伴侶、家人、朋友，推而廣之，愛我們處身的社會和身邊的人，心靈才會得到昇華，人生才會燦爛永恆！

驅趕庸醫

“算吧，我不再為自己找麻煩了，請你明白，不要再打電話來了。”我聽到這番話的語氣和音調，不難意會對方那既焦躁又憤怒的心情，和我所認識的她實在判若兩人。

“發生了甚麼事情？你上警察局了嗎？”我刻意放緩聲線，嘗試讓她平伏下來。

我的話剛說完，話筒沒半秒就開始震動起來。空氣彷彿在燃燒，能嗅出東西燒焦的味道。顯然我的努力很快就栽倒了。

“今天早上已經去了。我把事情跟報案室裏值班的警察完整地交待了一遍。他反問我是不是真的要備案。他說那個人有沒有犯罪，調查結果出來前還不好說，但我的女兒進行非法墮胎，肯定是違法的。如果我們正式備案控告他，警方會先控告我的女兒。我們被嚇跑了。這是哪家的法律？檢控被告以前先檢控原告。被告還沒抓到，原告就得先坐牢……”她連珠炮發地說個不停，根本不想讓我答上半句。

然而我也真的答不上話。我被她的話愣住了，腦袋好像被人重重地拍了一下，一片空白，只剩下那些話的餘音在頭顱裏亂竄。

有關那宗七、八年前的事件的所有記憶和感覺，至今仍然靜靜地躺在我的腦海中，完好地保存了下來。以至回想到那番對話依然如昨夜的夢魘。對她引述警察說的話，我感到匪夷所思之餘，仍感義憤填膺。

當時，我沒有膽量再去觸動她受了傷害的神經，只表示理解她的感受，並為我的提議帶給她無盡的煩惱深表悔疚和歉意，然後帶着遺憾，掛斷了電話。那是我最後一次跟她對話。然而，我為她們辦的事，在擱下電話那一刻才正式開始。

該次對話前的數天，這位媽媽那 17 歲、長得亭亭玉立的女兒到瑪麗醫院急症室求診，碰巧我當上了她的主治醫生。出身低下階層的她因誤交損友而未婚懷孕，徬徨無助之間藥石亂投，在朋友介紹下到以另類自然療法作招徠的中醫診所接受俗稱“人工流產”的終止懷孕手術（Termination of pregnancy）。手術後她的下腹劇痛，伴有下體大量出血的現象。臨床診斷為子宮內遺留妊娠組織（Retained gestational products），並附帶因手術過程中消毒程序不妥善，而併發的感染性盆腔炎（Pelvic inflammatory disease），必須住院接受清除遺留在子宮內妊娠組織的手術，並處方抗生素治療。

無牌醫師砌詞推搪

追問之下，少女表示該藏身在舊式商住大廈的診所地點隱蔽，佈置昏暗凌亂，設備簡陋不潔。自稱中醫的男子手術前不斷強調，他並非進行傳統的中西式醫療程序，只是出於好意幫助少女，才應她的要求為其開展“另類療法”。入世未深的少女糊裏糊塗地信以為真，為了早日擺脱困境，向他繳付數千元行政費後，欣然接納其“幫忙”。根據少女的描述，事實上他的方式卻是西方醫學中不折不扣的終止懷孕手術。

“這是非法墮胎。為了替你自己討回公道，和其他潛在的受害人免受同樣的折磨，我認為你應向警方報案，讓法律給予他公正的制裁。”我向她建議。

單獨求診的少女猶豫間拿不定主意。於是我先把她送進了婦科病房，在取得她同意後，協議稍後再跟她接觸，另作商討。

當天下午，我守諾到婦科病房走了一趟，對當值的婦科醫生道明來意，順道打探一下婦科在這件事上將會如何處理。那位婦科女醫生平淡地説：“這些事情在我們這裏見怪不怪，一般來説我們不會主動採取任何動作。若病人覺得有需要，可以自行處理。”這個答案委實讓我心裏不是味兒。

和少女磋商後，我取得了該名中醫的名片，並在她同意下致電她的媽媽。電話中我簡略地講述了少女的病情和治療的重點，道明原委之後，直接地提出了我的建議。她按捺着驚惶和憂慮交雜的情緒，表示認同報案求助是為己為人的正確做法，並承諾少女痊癒出院後，將前往警察局投案。

少女的媽媽的確去了警察局，可惜得到的是讓普通人感到費解的回覆，所以沒有成功投案。病人和家屬立即打退堂鼓，也是情有可原。但事情沒有完結，我的耳朵仍隱約聽到胸膛那顆良心的呼喚，提醒我肩上還背負着對其他潛在受害人的一個責任。

不受監控，規管無門

翌日，我向部門主管呈上了一份書面報告，與他説明了事態的發展，並尋求可行的解決方案。他認為事件涉及無牌行醫和非法墮胎，性質嚴重，鼓勵我跟進處理。由於該男子自稱中醫，不受醫務委員會（Medical Council）的約束和監管，而當年監管中醫的法定機構仍未成立，所以從專業機構着手的途徑被堵住，需要另闢蹊徑。另一途徑就是採取法律行動，由醫生代表受害者作舉報人，要求警方介入調查。

我隨即致電警方的舉報熱線，説明情況後，對方表示需要病人的真實姓名進行調查，並必須由受害者作檢舉人。為了保護受害者免遭起訴，我以病人私隱為由堅拒提供她的任何資料。對方稍作退讓，安排一名交通警員到院為我錄取證詞。

隨後進行的證供錄取過程也只是重複首次通話中的對話。警員直率地説，在這案件中，醫生不能代表病人作原告。缺乏受害人的證供，警方沒有充分證據對該男子進行檢控。而受害人投案的話，或許真的會先於被告被送上法庭。

面對進退維谷的兩難局面，身邊的友人勸説，事已至此，我已仁至義盡，該放手了，不應有憾。但是我自幼對《水滸傳》愛不釋手，行俠仗義之事早已深入腦海，皮囊內從小已埋下“路見不平、拔刀相助”的種子。因出身寒微，年少時已飽嚐民間疾苦，對弱勢社羣之無助感受至深。對於“仗義每多屠狗輩，負心都是讀書人”這句話，那天我有了新的體會。

接受非法墮胎者固然其身不正，理當受罰。但受害人畏罪而不願挺身作證，並不等同於要對非法墮胎的施行者視若無睹，任其逍遙法外，繼續為害人間。如此過時的法律明顯跟不上時代的需要。

正確的事情，無論多麼艱巨，該出手時就要出手，我決定以自己的方式解決問題。我手執那張發黃的名片，撥通了那名神棍的電話。先以試探性的開場白，確定他在本港沒有行醫資格後，我怒斥其非，並藉着他不明瞭法律條例的漏洞，揚言會將案件轉交警方處理。神棍慌亂下乞求多給他一天時間收拾家當，承諾即日結束診所業務，並於翌日返回內地。為掃除自己的懸念，數日後我按圖索驥走到位於油麻地區的診所，確認庸醫溜之大吉，才敢放下心來。

“仁”者，根據孔子的本意，愛人也，當中並不包括愛人以外的其他任何東西。相對於以財富、地位和權力作為評價依據的名醫，仁醫者，乃愛人的醫生，重視人的價值多於世上其他的價值。醫生除了收入豐厚，也該擁有崇高的使命，救死扶傷之餘，亦肩負起人文關懷和改革社會的責任。我輩先師孫中山先生和魯迅先生就是這個角色的表表者。望聞問切，只能治好一個人的軀體，唯有衝破醫學界自身的樊籠，登高望遠，才能驅除社會的糟粕，拯救更多的肉體與靈魂。當今的社會充斥着各種爾虞我詐，制度上的漏洞和瑕疵助長黑暗滋生，公義和平等對普羅大眾而言，可望而不可即。自當上醫生那一天起，我便立志追隨偉人的足跡，視仁醫，而非名醫，為終生奮鬥目標，並在工作中跳出固有的框架，希望多走一步，造福社會。

急症室的投訴文化

“那個他媽的醫生在哪兒？那個該死的醫生在哪兒？”穿着深藍色襯衫、結着領帶、穿着名貴上等西服的外籍男性甫下救護車，被救護員以擔架牀推進急症室那段短短的行程中，已經急不及待地破口大罵，好像整個急症室中他是唯一一位嚴重的病人，只有他才值得醫護人員馬上協助。

他在候診區一直不斷地以髒話咒罵了四、五分鐘，叫聲震天，還不時截停路過的工作人員要求立即替他治療，對附近的病人和家屬，甚至其他工作人員都造成極大滋擾。各人不勝其煩，但都敢怒而不敢言。我當時是急症室診症區域的最高負責人，感到有責任儘快平息這種混亂的場面，於是我翻閱護士的分流資料，了解一下究竟發生了甚麼事情。原來他只是在辦公室工作時，意外扭傷了腰部，不能自由行走，此外的一切維生指標都屬正常，因此被負責分流的護士評為第四類“次緊急”病人，需要等候。我十分同意分流護士的評估，客觀合理，於是心中有了處理的方案。

我無聲無息地走到該名囂張跋扈的病人身旁打量。中年白人，操典型的美式英語，身型略胖，一臉頤指氣使的霸道，一身上等西服卻掩蓋不了肥胖身軀下的醜陋。我觀察了一會，他只顧閉着眼側着身子不斷謾罵，對我的存在竟一無所知。

“這兒沒有他媽的醫生！這兒沒有該死的醫生！如果你要找他媽的醫生和該死的醫生，你來錯地方了，我建議你到別處試試看。”我以其人之道還治其人之身，用同樣的聲線和同樣的措詞，字正腔圓地回答他，最後更提高半點聲線向他求證：“你明白嗎？”

他措不及防，驀然從他那個自得其樂的世界中驚醒，瞬間被帶回現實之中。他唯唯諾諾地低聲説：“明白。”剛才的趾高氣揚早已在心知理虧的情況下煙消雲散。我相信他不曾被中國人責備，所以一時無法反應過來。人必自侮而後人侮之，如果他不是出言不遜在先，就不用被如此對待。

我以正直的方法捍衛了醫護專業的尊嚴，回復了急症室的井然秩序。一個多小時後，我親自為他治理，他一直乖乖地等候，沒有再多哼半聲。

層出不窮的救治借口

自從投訴風氣開始泛濫之後，急症室的日子就再也沒有好過。與其他穿制服和服務行業的從業員一樣，急症室工作人員在精神層面都曾飽遭無理投訴的蹂躪，已經習以為常。雖然急症室已經把所有求診的病人，按病情的嚴重程度客觀地作出分流，並以此作為診症先後次序的合理依據。病情嚴重的優先處理，同樣嚴重程度的以先到先看的原則輪候診治，公道不過。但世上總有一些人覺得自己比其他人優越，或覺得自己比其他人嚴重，用盡各種方法以圖讓自己可以更快得到醫治。

“我趕時間，要回家做飯。”、“我肚子疼，他們只是發燒，我嚴重一些。”“我是律師，你要小心一點，不然我會告你。”“我是某某議員的助手，專門負責處理醫療投訴個案，我已經告過很多醫生了。”“我是你們醫院某某教授的病人（親友）。”這些話我全都聽過，更不合理的也有，但不敢公諸於世。他們彷彿把醫院的急症室看成是樂園的遊戲場館，以為只要手中拿着特別的通行證，便可以走特別的通道。不依照他們的話便撒野，威脅説要投訴。事實上，長久的等候時間也是觸發病人或其家屬與醫護人員衝突的其中一個主因。但急症室資源和人手有限，只能確保緊急垂危的病人可儘快接受治療。那些可以在私營醫院或診所接受治理，而選擇前往急症室求診的病情較輕者，則必須體諒和理解實際的情況，配合醫護人員的工作。

無理的投訴

另外一個招惹投訴的主要原因，是病人的要求與醫生專業判斷之間的巨大落差。有些病人到急症室以前，心中已經有了某個特殊的目的，譬如要求做某種特別的檢查，或拿多少天的病假。如果醫生的判斷與病人心中所想的不符，雙方之間的摩擦就會因此而起。雖然醫護人員會多番解釋我們的原因，但很多人沾染了不達目的誓不休的街頭抗爭方式，根本不懂得聆聽的重要。向醫院投訴、向傳媒投訴就成為了抗爭最便宜的手段。有些人在自己的無理要求得不到滿足後，更使用暴力的極端方式，向醫護人員發泄內心的不滿。根據歷年來醫院內部問卷調查的結果，急症室員工在工作期間遭受暴力侵犯的事件，在各科目人員中最為常見和嚴重。

對於年資尚淺的同事，病人以投訴要脅的確給他們造成一定的心理壓力，因而影響了專業的判斷。妥協雖然免遭投訴之苦，但害處是對其他病人造成不公，也浪費了有限的公共醫療資源。

我自幼熟讀《三國演義》、《水滸傳》、《説岳全傳》，對不義之事常痛恨得咬牙切齒，行俠仗義之舉早已深入腦海。因久經投訴威嚇的磨練，面對病人時，合理的要求，我欣然接受，甚至為你奔走。不正直的陰謀，我會直斥其荒謬。你可以繼續留，也可以馬上走，還確保你有投訴的自由。但你不要挑戰我堅定的雙眸，也絕不能輕視我緊握的雙手，它們甘願為維護公義而奮鬥。

醫院霸主

數年前的一個下午，一名內地男子非法逗留本港，有待遣返。但他藉詞患病拖延遣返的日期，在兩年間不斷進出港九各間醫院。醫院記錄指明他沒有任何重要疾病，只是不同急症室的同事敵不過他的苦苦相纏，才一而再、再而三地讓他住院。那天早上，他對某公立醫院的環境不滿，簽署自願離院書後出院，然後馬上到瑪麗醫院急症室求診，並要求住院。我為他檢查後認為他沒有患病，毋須入院，故拒絕他的無理要求。他躺在病牀上威脅説要電召記者接受採訪，聲稱醫管局迫害內地同胞，並要求索取我的名字作投訴之用。狹路相逢勇者勝，我拋下一句："我行不改名，坐不改姓。姓鍾，名浩然，瑪麗醫院急症室副顧問醫生。你去投訴吧！"便頭也不回轉身便走。他是投訴了，記者也來了，但記者覺得沒甚麼好報道的，最後一鬨而散。剩下那人悻悻然從病牀下來，溜了。翌日的報紙上果然有一小段關於他的新聞，並拍攝了他展開的自製橫幅，但內文文字直指該人耍無賴。我以這事例警惕所有嘗試“挾傳媒以令醫生”的無賴，如果自問其身不正，小心搬起石頭砸自己的腳。

對於我認為正確的事情，我會堅定不移地進行到底。否則，怎對得起遵守秩序、默默等待的候診者，怎對得起完全信賴我們的病人？

子曰：“以德報怨，何以報德？故以直報怨，以德報德，可也。”

救人一命，如救蒼生

“你的墨水筆挺漂亮，只是不知道你有沒有墨水？”風華正茂的小姑娘甫坐下，便緊盯着我手中的筆，半調侃、半示威地說。

我二話不說，奮筆疾書，在紙上以行書寫下李商隱的詩句“滄海月明珠有淚”，以文雅的方式回應了挑釁。碰巧小姑娘也是同路人，不消一刻我便通過了她的考驗，而且大家熱切地交談起來。原來她患有嚴重的先天性膽管疾病，出生不久便在本港肝臟手術權威范上達教授的協助下，進行了大型手術，往後一直接受漫長的治療。她在某大學就讀中文系，曾拿過全港青年小說創作比賽的獎項，直言並不特別喜愛中文，但立志當作家。當她得知我在本地數份報刊寫過專欄文章時，難掩酸溜溜之情，眼中不經意地流露出對自己命運多舛的怨艾。她謂我能當上專欄作家，只因我的醫生身分，而她則人微言輕，難獲賞識。

我不認同她的想法，語重心長地跟她說：“機會只會留給準備好的人。我獲得邀請，因為多年來一直在報章上寫文章，早已具備了撰寫專欄的條件。當機會到來，自然可以緊緊地抓住。”我告誡她“思而不學則殆”，勉勵她用心學習，扎好穩固的根基，踏實地走好每一步，切勿怨天尤人。無論出身如何，只要努力不懈，總會有成功的一天。

數天後，她在網絡上找到我的博客，並留言“回應您的密碼，解碼是‘藍田日暖玉生煙’。您是個有心人，令人欣賞，衷心希望您加油，不要因為公院工作繁忙而氣餒，繼續用您漂亮的鋼筆為病人書寫病歷。”我因為這段簡短的文字而感動，並認為是對我最佳的鼓勵。從此，我們成為朋友。

又過了幾天，小妮子相約我做了一個訪問，指那是一個名醫訪談系列的預演。當然我並不是甚麼名醫，只是她的小白鼠罷了。在採訪過程中我們無所不談，抖出了一些塵封在心中數十年的往事。

兒時志願

還記得小時侯在作業本上回答“我的志願”時，我填上了醫生、科學家和飛機師三項職業。當然那是極其稚嫩的幻想，對每項職業的性質全無頭緒，只是覺得每個名字都響噹噹，聽起來很帥氣。但那畢竟是我人生首次萌生當醫生的念頭，不能完全抹煞它對我這一生的影響。

八歲左右，我出席了人生的第一個葬禮。看到在場所有人憂傷的臉，就在那兒我對自己說，長大後我要當個醫生，發明一種能讓人長生不死的藥物，讓世上所有人永遠免除對死亡的哀傷。這顯然是另一個幼稚得可笑的想法，但一直到我長大以後，回首前塵，才驚覺自己原來從小已養成胡思亂想的習慣。世事往往奇妙得令人難以置信，這幼稚的想法從那天開始，卻在我的心田上播下了堅實的種子，真正確立了行醫濟世的鮮明目標。經歷了十餘年風吹雨打，那顆種子慢慢地發芽，長出新枝，終於在 1996 年成長為杏林中一棵結出果實的樹木。我對那一天的那顆種子一直心存敬意，因為那個偶然的場合很可能和我擦身過後，便消失得無影無蹤，然而它卻成為我人生的交叉點，改變了往後一輩子的走向。

我自幼家貧，直到初中的時候，一家四口仍擠在一個不足 70 平方呎的小房間。麥當勞、海洋公園、遊戲機全都付之闕如，甚至連想一下都不敢，所以從沒有要求得到。小時候的娛樂全都是不用付費的體育項目，學校的體育場成了我的流連之所。但我一點沒有為自己的出處而自卑，反而滿懷感激。貧困讓我在人生很早的階段就得以經歷世上種種的不公平和虛偽，使我明白貧苦大眾心裏的感受，讓我接受嚴苛的磨練，及早培養出獨立自主，解決問題的能力。

在運動場上對體魄的鍛煉，也把我塑造成中學裏的十佳運動員之一。我在早期的奮鬥中就明白，快樂根本不需要金錢，金錢也絕不可能買到快樂。快樂只存在於單純的心，心中越多雜念，只會越快把快樂趕走。那顆種子在這種土壤中生長，吸取了我心田中的養分，逐漸繁衍成為一棵以救人治病為快樂根源，對名利富貴不屑一顧的大樹。

選科定前路

醫學院畢業的那個年代，大部分同學都以內科、外科、骨科、急症科等直接參與救死扶傷的專科作為首選的職業目標，以維護民康為己任，把金錢利益放在次要位置。而我當年也是把內科和急症科作為投身的目標。時移世易，受西方教育和資本主義價值的影響，當今醫學院畢業生的價值取向有了明顯的變化。以上那些專科已經不再受重視，相反出路好、收入豐厚、工作不太勞碌的眼科、麻醉科、放射科和皮膚科等並非直接參與救護行動的專科，被熱烈追捧。近年來傳媒經常報道公立醫院醫生人手短缺，受影響最嚴重的就是內科和急症科。因為工作繁重、出路狹窄、個人發展前景暗淡等原因，導致這些科目難以吸納新血，引發服務質素下降，受影響最深的自然是並不富裕的基層市民。

一天驅車上班時，收聽一個電台節目，竟獲得前所未有的震撼性共鳴。節目中訪問了大角嘴鮮魚行小學的梁紀昌校長。他說："如果留在政府工作，一定能升遷得更快，賺取更多錢。但這額外的金錢對我有甚麼意義呢？我在經濟上已無憂無慮，反而在這小學裏卻能發揮自己的才能。"接着他說："在電影《舒特拉的名單》（*Schindler's List*）裏有句名言：'救人一命，如救蒼生'……"

這想法和我的不謀而合，這也是我一直不願意離開醫管局的原因。梁校長和我縱然從不相識，卻因母校而建立起某種淵源。他是我的學長，都曾就讀於大角嘴銘基書院。銘基書院是草根學校，以往錄取的多是家境清貧的學生，故能孕育出超越個人利益的相同理念，最終形成追求公義的思想。梁校長説出了兩代人相同的心底話。急症醫學在私營醫療機構無用武之地，只有在公立醫院才能一展所長。以往幾所私營醫療機構曾向我數度招手，都被我好言婉拒。

《舒特拉的名單》是我畢生最喜愛的電影。電影中的名言"救人一命，如救蒼生"，一直珍而重之地存放在我的腦海。我相信，當醫生就該如此。作為醫生，除了救活一個病人之外，其實同時還救活了病人身邊包括父母、兄弟姊妹、朋友的所有人。一個人死了，身邊的其他人都會受到各種程度的傷害，破壞了病人的家庭以至所有跟他有關的人的生活，泛起的漣漪可能激發連串巨浪。所以醫生的偉大和高尚，不在於財富和地位，而是在於只要救回一個陌生人的生命，就可以改變他的整個世界。

行醫的意義

在物慾橫流的資本主義價值觀薰陶之下，當醫生對樓市股票的波幅比病人血壓心跳的趨勢更關心、更熟悉；當醫生對金錢、大宅、名車的嚮往超越了立志行醫時那種純粹的願望；當病人從最終目的蛻變成箇中手段，醫生就失去了其作為醫生的意義。我心中那個被稱為良知的東西，一直發出清脆的呼喚，拒絕我當一個這樣的醫生。那不是我立志習醫的本因。我這棵樹以“救人一命，如救蒼生”的態度在杏林中生長了 16 個年頭，也將會以同樣的態度繼續生長下去。若以雞蛋比喻病人，高牆比喻龐大得讓人難以撼動的醫療系統，在高牆和雞蛋之間，我寧可放棄高牆的安穩和蔭庇，選擇永遠站在雞蛋那方。因為那才是我立志行醫的原因和動力。雖然兩袖清風，但對當年那顆種子絕無虧欠，也由於仍保存着一顆單純的心而無比快樂。物在心外，上天通過以往的經歷，賜給我靈敏的腦袋和矯健的身軀，讓我有能力縱橫古今，在天地萬物之間馳騁，足以擁抱豐盛的生活，出世逍遙，何需再去追逐虛妄的榮華富貴。

小姑娘在訪問稿最後一段如是説：

“他讓我重新想起那個植根在我心裏已久的道理：多人走的路不一定是好的，卻一定很擁擠。鍾醫生說：‘我從不介意自己做跟其他人不同的事。身邊的人很多都緊盯着樓市股票上上落落，有些人在上班都會談股票，如果我因為這樣而覺得自己都想賺多些錢，跟隨其他人的做法，漸漸就會徹底改變我本來的價值觀。所以有些事是不可以讓步的，一定要堅持。不屬於我的本性又影響我的東西，我會排斥。’有些信念，的確需要我們去捍衛。”

這本書完成之時，那位小姑娘也開始為出版社撰寫書本，踏上作家之途。我珍惜這次洗滌醫生和病人雙方的心靈診症，珍惜這種醫生和病人之間的感情，並因此而獲得一個醫生所能得到的最大滿足和快樂。

鳴謝

感謝以下人士提供本書部分相片。

頁數	相片	提供者
頁 32	作者潛水	葉敬豪先生
頁 34	壓縮空氣瓶	Chris Chan
頁 71	傷者治療	劉炳發護士
頁 72	救護車內部	唐漢軍醫生
頁 73	直升機前	劉炳發護士
頁 77	生化演習	譚文鳳護士
頁 77	保護裝備	楊珮寧醫生
頁 146	虎蛇	李瑞雯醫生
頁 151	菇類	李瑞雯醫生